3

나리타 료고
일러스트 / **모라이 시즈키**
원작 / TYPE-MOON
옮긴이 / 정대식

Fate strange Fake

페이트/스트레인지 페이크

Fate strange Fake

페이트/스트레인지 페이크

CONTENTS

의문의 궁병

길가메시를 도발이라도 하듯 기습한 의문
의 서번트. '왕의 재보−게이트 오브 바
빌론'을 가볍게 떨쳐 내는 등, 길가메시가
인정할 정도의 실력을 지녔다. 진짜 성배
전쟁으로 인해 현계(顯界)한 서번트.

시그
프란체
병으로
모은 ㅂ
권 붉
의
동

프란체스카

스노필드에서 벌어진 성배전쟁의 흑막 중 일원. 고스로리 패션에 귀여운 외모를 지녔으나 지극히 향락적인 동시에 잔인한 마술사. 경찰서장 올란도, 마술사 팔데우스 일행과 결탁했다.

의문의 기병

길가메시와 의문의 궁병의 전투에 느닷없이 난입한 서번트. 길가메시를 습격한 궁병과 같은 보구로 보이는 것을 소유한 것으로 미루어 뭔가 인연이 있는 듯한데…

～마

～카에게 고용된 젊은 용병. 소년 ～자라, 마술회로를 지닌 병사를 ～특수소대에 소속되어 있었다. 정 ～괴 후 군에서 해방되어, 유년시절 ～경험을 토대로 마술사 용병으로 활 ～중이다.

Fate strange Fake

페이트/스트레인지 페이크

나리타 료고

일러스트 / 모리이 시즈키
원작 / TYPE—MOON
옮긴이 / 정대식

학산문화사

Fate/strange Fake 3

ⒸRYOHGO NARITA / TYPE-MOON 2016
Edited by ASCII MEDIA WORKS
First published in 2016 by KADOKAWA CORPORATION, Tokyo.
Korean translation rights arranged with KADOKAWA CORPORATION, Tokyo, through KCC.

청년의 마음속에 그리움마저 느껴지는 말이 떠올랐다.

—"애야, 애야. 잘 듣거라, 동포 아이야."

—"너희가 멸망시킬 것은 우리에게서 무언가를 빼앗으려 하는 자들이란다."

—"네 부모도 밖에서 온 인간들이 앗아 갔단다."

—"네 아버지'들'은 부정으로 가득한 외부의 침략자들에게 살해당했단다."

—"네 어머니도 외부에서 온 무시무시한 악마의 꾐에 넘어갔단다."

—"애야, 그러니 멸망시키거라. 우리에게서 빼앗으려 하는 자를."

—"애야, 그러니 싸우거라. 언젠가 네 어머니를 **우리**가 되찾을 수 있도록."

이어서, 그립지는 않지만 이젠 들을 일이 없을 터인 목소리가 울려 퍼졌다.

—"헤에. 내 이걸 보고도 놀라지 않다니, 간이 크구나!"

—"아니, 아닌가…. 흐응, 넌 속이 꽤 많이 희박한 것뿐이구나."

—"그런 네게, 좋은 걸 가르쳐 줄게."

—"너희를 '애야, 애야.'하고 부르며 시끄럽게 굴던 마술사들, 죄다 죽었다?"

두 종류의 '목소리'를 떠올린 청년은 각각의 목소리를 들었을 때 품었던 감정을 돌이켜 보았다.
　분노도 슬픔도 없이 '그렇구나.'라는 생각만 한 채, 하염없이 말을 받아들이기만 했다.

　그것이 자연스러운 일이라 생각했지만 마지막 말을 들었을 당시, 아직 소년이었던 그는 알아챘다.

　―"아아, 그리고 네 엄마… 일본이라는 나라에서 죽은 지 오래야…."

　비웃는 뉘앙스가 가득한 그 말을 들어도, 아무것도 느끼지 못한 자신은―.
　비슷한 말을 듣고 아우성을 치는 주변의 동포들에 비해 아주 조금, 무언가가 어긋나 있는 것이 아닐까 하는 것을.

─왜, 이런 기억을 떠올리고 있는 걸까.

청년이 혼자 밤이 내린 늪지를 걸었다.

군용 고글로 두 눈을 가리고 몸에 몇 가지 무기와 마술예장을 장착하고는 있었지만, 군인과도 마술사와도 분위기가 조금 다른 청년이었다.

─아아, 그렇구나.

동행도 적도 없이, 홀로 행군을 계속하며 청년은 왼손에 낀 장갑을 벗었다.

손등에는 강한 마력이 소용돌이치는 문신 같은 요상한 문양이 떠올라 있었다.

성배전쟁의 마스터라는 증거인 영주를 보며 청년은 어쩐지 성가시다는 듯 눈을 가늘게 떴다.

─나를 낳았다는 사람이 죽은 것도 '성배전쟁' 때문이었다고 들었는데….

본래 성배전쟁에서는 성배가 영주를 지닐 마술사를 선택한다고 한다.

아인츠베른, 마키리, 토오사카, 이 세 가문은 우선적으로 깃

들게 되어 있다고 알려졌지만 스노필드의 성배에도 그러한 편향적인 시스템이 깔려 있었다.

기폭제로 삼을 제물 영웅들을 부르기 위한 영주 중 두 개는 경찰서장과 쿠루오카 가문의 마술사에게 깃들 예정이었고 진실된 영웅들을 부르기 위한 일곱 개의 영주는 하나도 남김없이 이 성배전쟁의 '흑막' 측 인간에게 깃들도록 되어 있었던 것이다.

"⋯⋯."

청년은 말없이 그 영주를 노려보았다.

그 눈빛에는 당혹감도 분노도 유열도 없었다. 감정이라 부를만한 것이 흔들린 낌새는 눈곱만큼도 없었다.

청년은 다시 장갑을 끼고서 말없이 고독한 길을 걸어 나갔다.

그는 Σ — 시그마.

그것은 이름이 아닌 기호에 불과했다.

담겨진 바람조차 없는, 스물네 명의 '유사개체'를 인식하기 위해 할당된 그리스 문자 중 하나에 불과했다.

그 '유사개체'도 태반이 소실되어, 지금은 그렇게 식별을 할 의미조차 없었지만.

시그마는 자신의 현재 직업을, 가벼운 마술을 쓸 줄 아는 용병이라 인식하고 있었다.

자신을 '이쪽'으로 끌어들인 고용주 아래서 담담히 임무를 수행하는 나날을 보내고 있었다.

이번에 주어진 임무는 지금까지의 것들과는 다소 분위기가 달랐다.

평범한 전쟁과는 동떨어진 형태의 전쟁— '성배전쟁'에 참가할 것.

그저 **그뿐**이었다.

영령이라 불리는 것을 소환하여 전투에 참가하기만 하면 된다.

다른 이를 서포트할 필요도, 적대자를 적극적으로 죽일 필요도 없었다.

—'영령을 불러내고 나면 마음대로 해도 돼. 적당히 도망쳐 다녀도 되고, 뭣하면 나를 죽이러 와도 재미있겠다! 혁명을 일으키는 거야! 네 나라에서 일어난 것처럼 말야!'

농지거리라도 하는 듯했던 고용주의 말을 떠올리며 청년은 생각했다.

—정말 같은 건가?

—그 나라를 붕괴시킨 것과, 내가 그녀를 거스르는 일은 동일시할 수 있는 일일까?

고용주의 농담을 진지하게 받아들인 그는 행군을 이어 가며 한참을 생각해 봤지만, 결국 답을 찾지는 못했다.

—성배.

—그 묘한 것에 물어보면, 가르쳐 줄까.

마술사들, 그리고 일반적인 인간들의 사고와도 다소 어긋난 생각을 한 참에 청년은 목적지에 도착했다.

늪지 속에 얼핏 보면 폐가처럼도 보이는 작은 저택이 서 있었다.

—'의식도구 같은 것도 갖춰져 있으니 너는 거기서 부르기만 하면 돼! 쓸데없는 촉매는 이쪽에서 전부 처리해 뒀거든! 아, 뭐가 왔는지는 나한테도 보고하지 않아도 돼. 이런 건 나중에 아는 편이 더 재미있으니까!'

고용주는 그런 소리를 했지만 팔데우스는 '소환한 영령이 무엇인지, 내게는 개별적으로 보고하도록.'이라고 못을 박았다. 팔데우스는 직접적인 고용주는 아니었지만 고용주인 프란체스카가 입막음을 하지 않았으니 말해도 딱히 문제는 없으리라.

거짓된 영령을 불러낸 마술사들의 소유물이라 듣기는 했으나. 시그마는 그 본래 소유주가 어떻게 되었는지, 불러낸 영령이 무엇이었는지에 관해서는 그다지 관심이 없었다.

시그마는 몰랐다.

이 저택 지하에서 소환된 영령이 신이니 부처 따위를 전혀 믿지 않는 자신과는 완전히 반대되는 존재였다는 사실을.

그리고 지금부터 자신이 불러낼 '것'이 영웅으로도, 신이나 악마로도 분류하기 어려운―.

　매우 이상한 '현상'이라는 사실도.

　개전 당일 새벽.

　스노필드라는 이름의 일그러진 전장에 모든 조각들이 모여 가고 있었다.

　최종적으로 맞춰질 그림의 완성도조차, 그 누구도 상상치 못한 채로.

Fate strange Fake

간장(間章)

『도피 끝에』

이것은 어느 도망자의 이야기다.

자신의 죄를 외면하고, 닥쳐오는 '벌'에 등을 돌린 한 여자의 이야기.

희망도 정처도 없이, 한 치 앞길도 내다보지 못한 채, 그럼에도 멈춰 서지도 못하고 그녀는 하염없이, 계속해서 도망쳤다.

말로末路에서 기다리고 있는 것은 파멸뿐이라는 것을 알면서도 도망자 여자는 계속해서 자신이 의지할 것을 찾아 헤매었다.

후유키라는 도시의 한구석에 존재하는, '세미나 맨션'이라 불리는 집합주택.

그곳은 모든 일의 기점이자, '그녀'에게 있어 세상의 끝자락이기도 했다.

지금의 '그녀'에게 그 맨션 이전의 기억은 의미가 없었다.

도피를 거듭하는 과정에서 쓸모없는 과거는 모두 떨어져 나가, 의미 없는 존재로 전락했다.

지금의 '그녀'에게 남은 것은 죄의식과 벌에 대한 공포. 그리고—그런 그녀를 계속해서 바라보는, 빨간 두건을 뒤집어쓴 소녀 같은 '무언가'의 모습뿐이었다.

그것이 정말로 존재하는 것인지 아닌지, 아니면 자신의 죄의식이 보게 한 환상인지, 그것은 그녀도 알 수 없었다. 결국 보이는 것은 사실이니 어느 쪽이든 별반 다를 게 없다. 적어도 그녀는 그렇게 생각했다.

구원을 찾아 후유키의 언덕 위에 자리한 교회로 걸음을 옮겼던 적도 있었다.

이제는 기억도 잘 나지 않지만—거기서 만난 신부에게 무슨 말을 들었던 것 같았다.

같았다, 라고 한 것은 그 전후의 기억이 애매하기 때문이다.

'——, ■가 ■■■■■의—.'
'설마——— 처리—.'

이상한 일도 다 있다는 생각도 들었지만 자세히 기억해 내려 하면 머리가 아파 왔다.

'결국, ■는———.'

기억은 확실치 않은데 이상하게도 '저 교회에는 두 번 다시 가까이 가서는 안 된다'는, 불을 두려워하는 짐승이 느끼는 것과 같은 기피감만이 도망자의 본능 깊숙한 곳에 새겨져 있었다.

그리고 그녀는 후유키시(市)에서도 도망쳐 몇 개월이나, 몇 년이나 정처 없이 헤매었다.

등 뒤에 자리한 어둠 속에서, 밤의 어스름 속에서, 도시의 불빛이 자아내는 그림자 뒤편에서 늘 '빨간 두건'의 기척을 느끼며.

─나는, 어쩌면 좋을까.

고뇌를 견뎌 내지 못하고 살아 있는 시체처럼 각지를 방황하던 그녀는 이윽고 무언가에 홀린 듯 후유키로 돌아왔다.

신부가 바뀌었다는 소문을 거리에서 듣기는 했지만 그래도 '교회'로 걸음을 옮길 마음은 들지 않았고, 그렇다고 자신의 집이었던 세미나 맨션으로 돌아갈 수도 없는 노릇이라 그녀는 살아 있는 시체처럼 하염없이 도시 안을 방황했다.

그리고─갈 곳을 찾아 헤매던 그녀는 '숲속에 서양식 저택이 있다'는 소문을 들었다.

유령이 나온다는 소문도 있는 그 서양식 저택의 이야기를 들은 그녀는 자연스럽게 그리로 향했다.

정말로 소문이 사실이라면, 만약 정말로 유령이 나온다면 이 눈으로 직접 봐야 한다.

자신의 주변에 자리한 어둠에 숨은 '빨간 두건'이 '그것들'과 같은 것인지 확인하고 싶다.

그런 이유를 갖다 붙이기는 했으나, 사실 그녀는 죽을 곳을 찾고 있었던 것인지도 모른다.

뭐, 비슷한 소문이 돌았던 산 위에 자리한 절로 발길을 옮겼을 때, 연못에서 별난 물고기가 날뛰는 것밖에 보지 못했던지라 소문에 그리 큰 기대를 품지는 않았지만.

그럼에도 숲으로 발길을 옮긴 것은 도시에 있는 것보다는 낫다고 생각했기 때문이었다.

적어도 숲속에 있으면 '빨간 두건'은 나오지 않으리라.

그녀가 도피를 하는 도중에 발견한 법칙을 지켜 가며 동화 속에나 나올 법한 마녀의 숲 같은 나무들 틈새를 누비며 걷던 중―이 지역의 분위기에 맞지 않는 거대한 서양식 저택이 그녀 앞에 모습을 드러냈다.

이렇게 거대한 서양식 저택이 남몰래 세워져 있는 것이 어쩐지 기분 나쁘다는 생각을 미처 하기도 전에, 아예 성이라 해도 지장이 없을 듯한 장엄한 분위기에 압도되었다.

여자 도망자는 성을 멀찍이서 바라보기만 할 뿐, 결코 그 안에 들어가려고는 하지 않았다.

그녀는 겁이 났다. 저 거대한 저택 안에 간이 엘리베이터 같은 것이 설치되어 있지 않을까 싶어서.

'빨간 두건은 엘리베이터 안에 나타난다'.

그것이 법칙 중 하나였고, 이유는 생각하고 말 것도 없었다.

경계심을 품은 채 성 주변을 산책하던 중, 그녀는 마음속에 변화가 일어났음을 알아챘다.

―뭘까.

―이상하게도, 뭐라고 해야 할지… 그게….

—응…. **마음이 편해.**

이유는 모르겠지만 최근 몇 년 간 맛본 적이 없었던 안도감을 느낀 그녀는, 그 뒤로도 몇 번인가 숲에 자리한 성을 찾았다.

성에 발을 들이려 하지는 않고, 정말로 그저 그곳에 존재하는 경치에 몸을 맡기듯이.

그리고 몇 달 뒤—.

평소처럼 성을 찾은 그녀의 귀에 말다툼을 하는 듯한 여성들의 목소리가 들려왔다.

인기척을 느낀 것은 처음이라 놀라기는 했으나 딱히 이상한 일이라는 생각은 안 들었다.

정원에 꽃이 흐드러지게 핀 것으로 미루어, 누군가가 그곳을 관리하고 있는 것이 분명했기 때문이다.

그녀는 이 성의 관계자가 어떠한 인물인지 신경이 쓰여 나무 뒤로 몸을 숨겨 가며 목소리가 들려오는 방향으로 슬그머니 다가갔다.

그러자 그녀의 시야에 두 여성의 모습이 들어왔다.

보자마자 그 두 사람은 쌍둥이이거나 자매이리라 생각했다.

새하얀 눈처럼 때 묻지 않은 아름다운 은발과 설원을 연상케 하는 하얀 피부.

멀리서 봐도 눈에 띄게 붉은 눈에 이르기까지 특징들이 너무도 많이 닮았기 때문이다.

그런 두 사람은 아무래도 말다툼을 하고 있는 듯했는데, 한쪽은 상대를 타이르는 듯한 말투였고 또 한쪽은 그저 분노에 몸을 맡기고 있는 듯한 분위기를 풍겼다.

"그런 일에는 아무런 의미도 없다는 걸 알 텐데요. 필리아, 대체 당신은 뭘…."

"됐어! 더는 당신들한테 의지 안 해…. 나 혼자서 해낼 거야!"

저 두 사람은, 대체 정체가 뭘까.

역시 이 성은 해외에 있는 부호나 뭐 그런 사람의 별장이고, 그 사람의 지시로 온 관계자 같은 것일까.

도망자는 그런 생각을 하며 두 '하얀 여자'를 계속해서 관찰했다.

그녀들은 외국인이라는 이유만으로는 설명이 되지 않는, 훨씬 이질적인 분위기를 풍기고 있는 것 같다고 도망자는 생각했다.

마치 동화 속에서 뛰쳐나온 듯한ㅡ.

망상 같은 추측에 젖어 있던 도망자 여자는 자신이 완전히 기척을 감추지 못하고 있다는 사실은 추호도 알지 못했다.

"설령 아인츠베른의 이름을 버리는 한이 있어도, 나는ㅡ."

격앙되었던 여자 쪽이 거기까지 말한 참에 움직임을 뚝 멈췄다.

"…누구야?"

표정을 완전히 지우며 돌아본 여자의 얼굴이 몹시도 아름다웠다는 사실은 기억한다.

하지만, 거기까지였다.

하얀 여자와 눈을 마주치고 난 뒤의 기억은, 교회를 찾았을 때와 마찬가지로 매우 애매하기만 했다.

아마도. 마술에 의한 암시 같은 것을 건 것이리라.

'그런 것'이 있다는 사실을 추후에 '하얀 여자'가 억지로 머릿속에 입력시켰다.

'당신은 ■■? 아니면 ■ ■ ■ ■?'

교회 때와는 달리 성과 하얀 여자 그 자체에 대한 기피감은 없었다.

'어떻게 이런 우연이? 설마 ■ ■ ■ ─.'
'설마 이 정도 수준의… 아니, 그런 건 아무래도 좋아.'

하지만 그때의 일을 자세히 기억해 내려 하면 머릿속이 삐걱대는 것은 마찬가지였다.

역시 암시나 뭐 그런 것을 받은 것이리라고 그녀는 생각했다.

어쩌면 교회에서도 그 신부와 ■ ■에게 같은 짓을 당한 것일지도 모른다.

　■　■.

　신부와 함께 있었던 '무언가'.

　그 존재를 생각해내려 하면, 역시나 뇌가 삐걱대고 기억이
흐려졌다.

　성에 있던 여자와 신부.

　도망자에 불과했던 자신을 현재 상황으로 이끈 것이 그 두
사람이라는 사실은 알지만, 아무리 애를 써도 그들과 만났을
때 들었던 말을 기억해낼 수가 없었다.

　백白과 흑黑으로 된 애매한 기억이 그녀의 머릿속에서 꼬리
를 문 채 소용돌이쳤다.

　다만, 신부가 옆에 있던 '무언가'에게 했던 한마디만은 기억
했다.

　—'**이것**의 말로에 흥미가 생겼다. 네가 예전에 내게 그랬듯
이.'

　그리고 성에서, 하얀 여자에게 들었던 말도 한마디만은 똑똑
히 기억했다.

—'네게는 자신의 말로를 선택할 권리가 없어. 내가 살아갈 의미를 주지.'

신부와 하얀 여자. 양쪽 말에 담긴 '말로未路'라는 단어는 저주가 되었고, 이윽고 도망자는 하얀 여자의 말에 따라, 주변 상황에 휩쓸려 일본을 뒤로하게 되었다.

여자 도망자—아야카 사조는 미국에서 '마술적인 전쟁'에 휘말려 든 오늘도 답을 찾아 방황하고 있었다.

—어떻게 하면, 내 죄를 용서받을 수 있을까?

—나는 대체… 이 도시에서 뭘 하면 되는 걸까.

×   ×

미국. 스노필드. 라이브하우스 안.

도시 중심부에 자리한, 어느 오래된 빌딩 지하.

결코 넓다고는 할 수 없는 공간에 만들어진, 라이브를 위한 무대 위에 목가적인 멜로디가 울려 퍼졌다. 일렉트릭 기타를 연결한 앰프에서 울려 퍼진 그 악곡은, 처음에는 음질과 멜로디가 맞지 않는 듯 들렸지만 서서히 속도를 높이고 독특한 선율을 가미하자 일렉트릭 기타와 라이브하우스의 분위기에 제법 어울리는 곡으로 변화했다.

마치 기타를 치면서 그 음질에 맞는 멜로디로 편집을 하고 있는 듯한 광경이었다.

연주자인 남자가 곡을 끝까지 다 치고 난 뒤에 말했다.

"흠…. 이런 식으로 하면 되나?"

일렉트릭 기타를 들고 있는 것은 처음에 흘러나온 목가적인 음악조차도 어울리지 않는 남자였다.

호사스러운 갑옷을 몸에 걸친 채 붉은 기가 섞인 금발을 공기조절장치의 바람에 나부끼고 있는 영령―세이버의 말에 주변에 있던 몇몇 남녀는 두 눈이 휘둥그레져서 떠들어 대기 시작했다.

"오오…. 당신 정말 굉장한데?! 진짜 초심자 맞아?!"

"굉장해…. 끝내줘. 난 꼭 잘나가는 코미디언이라도 보는 것 같았다니까."

난리를 피워 대는 남녀는 다들 머리를 모히칸 스타일로 자르거나 여러 가지 색으로 염색한 데다, 비상식적인 디자인의 옷이며 피어스, 혹은 문신 따위로 온몸을 치장하고 있었다.

'불량스럽다'는 표현을 그대로 의인화한 듯한 자들이었지만 그들은 호의적인 미소를 지은 채, 어떤 의미에서는 가장 비상식적인 차림새를 한 남자를 칭찬했다.

"기타 처음 쳐 봤다는 거, 거짓말이지?! …뭐, 그냥 해 본 말이야. 이상하게도 당신이 거짓말을 하고 있다는 느낌은 안 들거든….."

"속물적인 소릴 해서 미안하지만, 그대로 돈 받고 공연해도 될 연주였다고, 방금 전 그건."

그러자 세이버는 기쁜 듯 쑥스러워하면서도 고개를 가로저었다.

"무얼, 자네들 같은 전문가에 비하면 한참 멀었지. 이 '일렉트릭 기타'를 만져 본 건 처음이지만, 예전에 비슷한 현악기를 배운 적이 있거든."

"아니! 충분히 굉장하대도! 그나저나 방금 그 곡은 뭐야? 처음 들어 보는데."

머리를 모히칸 스타일로 자른 남자의 말을 들은 세이버는 과거를 그리듯 미소를 지으며 답했다.

"아아, 예전에 실수로 붙잡힌 적이 있었는데 그때 심심풀이 삼아 만들었던 곡의 리듬을 조금 빠르게 해 본 거야."

"작곡까지 할 줄 알아?! 근데 당신, 빵에서 살다 나왔어?"

"너 그거지? 아까 체포돼서 TV에서 연설했던 사람!"

펑크 패션을 한 여성의 말에 세이버는 다소 쑥스러워하며 고개를 끄덕였다.

"봤나 보군. 뭐, 연설이라 하기에는 말재주가 부족했지만…."

"뭐야, 혹시 탈옥한 거야? 끝내주네."

"경찰서가 그 꼴이 돼서, 어수선한 분위기를 틈타 피난해 온 것뿐이야. 탈옥으로 간주할지 말지는 내가 판단할 일이 아니니 말이지."

세이버가 어깨를 으쓱하며 붙임성 있게 대답하자 주변에 있던 젊은이들은 더욱 신이 나 떠들어 댔다.

"이야, 굉장했잖아! 대체 뭐였지, 그 폭발은…?"

"호텔 쪽에도 뭔가 난리가 난 것 같던데?"

"그러고 보니 카지노에서 아까 말도 안 될 정도로 대박을 터뜨린 녀석이 있다고————."

"……."

무대 구석에 등을 기댄 채 그런 젊은이들의 대화를 말없이 듣는 이가 한 명 있었다.

고독한 '도망자'였을 터인 여자—아야카 사조는 절레절레 고개를 가로저으며 내심 신음했다.

—이게, 내 말로라는 거야?

도피 끝에 도달한 라이브하우스.

주변에 있는 것은 후유키에 있을 때는 전혀 사귈 일이 없었던, 펑크 스타일의 옷차림을 한 젊은이들과—이쪽의 영역에 서슴없이 발을 들이는, 오지랖 넓은 영령이었다.

"이봐, 전문가인 자네들 앞에서 이런 소릴 하자니 쑥스럽지만, 새 곡이 떠올랐는데 쳐 봐도 될까?"

"어엉, 당연하지. 이쪽도 어떤 소리가 튀어나올지 기대되는 걸."

"고맙군! 아야카, 너도 잘 들으라고. 나중에 감상을 듣고 싶으니까."

그런 소리를 하며 다시 일렉트릭 기타를 연주하기 시작한 세이버를 노려보던 그녀는 이내 자책이라도 하듯 한숨을 내쉬었다.

세이버가 연주하는 선율에 조금이나마 감동하고 만 자신을 부정하듯이.

─나는 대체, 뭘 하고 있는 거지?

Fate strange Fake

프롤로그 Ⅷ

『스타 퍼포머―주연들의 연회(전편)』

개전 전야. 스노필드 모처.

스노필드 외곽에는 그다지 넓지 않지만 공장이 늘어선 구획이 존재했다.

그 구획 구석진 장소에, 주변에 위치한 거대한 공장들을 벽처럼 둘러치고 오도카니 자리한 식육가공장이 존재했다.

축산업이 활발한 지역이 아닌 탓인지 시기에 따라서는 가동조차 하지 않아, 존재 자체를 아는 도시 주민도 그리 많지 않은 공장이었다.

하지만 그 공장 지하에는 사업등록증에 기재되지 않은 숨겨진 일면이 있었다.

부지 면적보다도 광대한 지하공간에 만들어진, 몇 겹이나 되는 결계 속에 자리한 마술공방이 바로 그것이었다.

얼핏 보면 전혀 상관이 없어 보이는 주변 공장들도 사업주 등을 거슬러 올라가 보면 최종적으로는 하나의 조직과 연결되어 있었다.

'스크라디오 패밀리'.

노회老獪한 수완으로 암흑가에 이름을 떨친 가르바로소 스크라디오를 당주로 둔 마피아였다. 마피아라고는 해도 엄밀히 따져 보면 시칠리아에 기원을 둔 마피아 조직과는 형태가 달랐다. 가르바로소 스크라디오는 분명 시칠리아 마피아와 먼 혈연관계에 있었지만, 그는 형태가 다른 수많은 조직과 손을 잡거나 흡수하여, 국경도 혈통도 사상도 가리지 않는 '무모無貌의 폭도—페이스리스 몹'으로 조직을 거대화시켜 왔다.

가르바로소라는 기묘한 이름은 가명으로, 일설에 따르면 신성 로마 황제 프리드리히 1세의 별명인 '바르바로사'와 자신의 본명을 합친 것이라고 한다.

그리고 그는 미국이라는 국가의 암흑가에 넓고 깊게 뿌리를 내렸다.

신성로마제국을 미국에 재현하겠노라고 큰소리를 치던 남자가 실제로 황제라 불리기에 손색이 없을 정도의 권력과 재력을 손에 넣은 경위에 관해서는 범죄사 연구가나 FBI, 혹은 TV 해설자가 이런저런 이유를 붙여 가며 설명했지만—진짜 이유를 아는 자는 그리 많지 않았다.

그는 국내외의 넓은 지역에서 수많은 '마술사'들을 비호해 왔다.

다른 집안과의 세력권 싸움에서 패한 자.

마술의 높은 경지에 오르기를 바랐으나 재력이 따라 주지 못해 파산한 자.

이단으로 간주되어 원래 있던 땅에서 추방된 자.

범죄자로 찍혀 암흑가에서 매몰차게 쫓겨나고, 마술세계에서도 기피당하던 자.

혹은 스스로 문을 두드린 자—.

이런저런 사정이 있는 마술사들의 후원자가 되어 그 활동을 지원해 왔다.

직접적인 금전 지원뿐 아니라 토지를 제공하고, 본래 있던 마술사들을 '공적인 힘'으로 제거하는 등의 일도 했다.

힘 있는 마술사라면 어느 정도의 권력이나 폭력 같은 것은 아무런 문제가 되지 않을 테지만, 암시나 매료에 관한 지식이 있는 폭한들의 습격, 나아가 저격이며 재판소로의 소환 따위를 완전히 막을 수 있는 자의 수는 그야말로 한줌도 되지 않았다.

이를테면 시계탑의 명물 강사나 한 분야에서 이름이 알려진 마술사라 해도 마술각인의 힘만으로 사태를 타개할 수 있는 일류 능력자가 아닌 한, 불시에 날아든 총탄 등을 막으려면 전용 호신예장을 두를 필요가 있었다.

그것이 없으면 마술사라 한들 훌리건의 폭동이나 무차별 살인마를 맞닥뜨리기만 해도 맥없이 죽어 버릴 가능성이 있었다.

원칙대로 하자면 시계탑이나 교회 등에서 문제 삼아 가장 먼저 제거하려 들 사례였지만—스크라디오 패밀리에 관한 건이 의제에 올랐을 즈음, 이미 그들은 일정 정도의 '마술세계에서의 힘'을 손에 넣은 상태였다.

어중이떠중이 같은 마술사들이 단결해서 하나의 범죄조직을 지키려 한다고?

그렇게 의문스러워하는 자는 많았지만, 실제로 스크라디오 가문의 비호를 받았던 마술사들은 후원자를 지키기 위해 자신의 힘을 아낌없이 사용했다.

최대의 이유로는—가르바로소가 마술사들이 마술사로서 생산해낸 '성과'에 전혀 관심을 보이지 않았다는 점을 들 수 있으리라.

마술사들의 성과를 낚아채지 않는 것은 물론이거니와 마술사들이 원하지 않으면 그 내용조차도 억지로 캐내려 하지 않았다.

마술사들이 필요한 것을 말하면, 스크라디오 가문은 득실을 따지지 않고 그것을 아낌없이 제공해 주었다.

그런 일방적인 관계에 익숙해지고 만 마술사들 중 대다수는 이 환경을 잃으면 자신이 목표로 하는 '근원'으로의 길이 닫혀버리리라고 생각했다.

스크라디오 가문에 대한 의리를 중시하는 마술사들은 불과 몇 사람밖에 되지 않았다. 대다수의 자들은 오히려 마술사 특유의 합리적인 사고를 통해 자진해서 스크라디오 가문의 편에 섰다.

결과적으로 스크라디오 가문은 암흑가에서 독보적인 약진을 거두었다.

그 밖에도 '마술사'의 존재를 알고 그쪽 방면에 손을 댄 조직은 몇 있었지만 대부분은 마술사를 억지로 지배하려 한 탓에 초보적인 암시 등으로 인해 역이용당하거나 파멸을 맞았다.

최종적으로 스크라디오 패밀리는 정부의 일부 세력과도 유착하여 스노필드의 '계획'에도 한몫 낄 정도의 힘을 얻었다.

거짓된 '성배전쟁'에 마술사 한 명을 마스터 후보로 내보낼 정도의 힘을.

그리고 오늘 밤―식육공장의 문이 열리더니 여러 명의 남자들이 냉기가 가득한 그곳에 발을 들였다.

그러자 안에 있던 비슷한 차림새의 험상궂은 남자들이 밖에서 들어온 면면들에게 고개를 숙였다.

"수고 많으십니다."

"…코델리온 씨는 어디 계시지?"

"이미 교정 센터에서는 나오셨다고 합니다만, 아직 이곳에는…."

말단으로 보이는 남자가 식은땀을 흘리며 답하자 뒤따라온 자들이 눈살을 찌푸리며 물었다.

"마중을 보내지 않은 거냐?"

"팔데우스가 스크라디오 가문의 인간이 교정 센터에 오는 건 좋지 않다기에… 출소 소식마저도 사후보고로 알려 와서…."

"칫…. 정부가 키우는 개 주제에…."

"죄송합니다. 지금, 젊은 녀석들이 코델리온 씨를 찾아서―."

그렇게 말하던 중에 날카로운 파쇄음이 그 말을 가로막았다.

"――?!"

남자들이 소리가 난 방향―공장 천장에 난 채광창으로 일제히 시선을 옮겼다.

거기에서는 깨진 유리창이 반짝반짝 빛나며 하늘을 날고 있었고, 그 광채를 몸에 두르는 모양새로 한 남자가 두 개의 덩어리를 두 손에 쥔 채 낙하하고 있었다.

"뭣…."

낙하 중인 남자가 손에 쥔 것은 두 인간의 안면이었다.

목을 취한 것이 아닌지라 머리에는 아직 몸이 붙어 있었다. 남자의 손에 떠밀려 떨어지는 모양새로 두 사람의 몸이 창문에서 떨어지더니, 몇 초도 채 되지 않아 콘크리트 바닥에 격돌했다.

"———컥."

아직 숨이 붙어 있었는지 두 사람은 피를 토했다.

두 사람을 창문에서 끌어내린 남자는 피 몇 방울이 얼굴에 튄 것도 개의치 않고 느긋하게 일어섰다.

채광창에서 떨어진 것은 자신도 마찬가지이건만 남자는 아무 일도 없었다는 듯 가면처럼 무표정한 얼굴을 하고 있었다.

깨진 창문으로 들이친 달빛에 비친 남자의 얼굴을 본, 공장 안에 있던 험상궂은 남자들은 등줄기가 오싹해졌다.

공장의 어스름 속에서 유달리 어둡게 빛나는 남자의 눈에 압도되었기 때문이다.

양손에 검은 장갑을 낀, 위압적인 분위기를 띤 한 남자.

그의 두 눈에서는 일반적으로 말하는 '인간성'이라는 것이 결여되어 있었다.

맹금류나 육식동물에 가까운 눈빛이기는 했으나 사냥감을 노리는 것 같다기보다는 노려보기만 해도 심장을 얼어붙게 할 것만 같은 기색이 눈에 담겨 있었다.

'살인청부업자 중에 간혹 있는, 감정이 없는 냉철한 살인머신 따위의 눈이 아냐. 그 기계에 유일하게 담긴 감정이 '살의'라면 저런 눈이 되겠지.' —스크라디오 패밀리의 보스인 가르바로소가 그렇게 표현할 정도로 날카로운 눈빛이 특징적인 남자였다.

외관상 나이는 30대에서 40대 사이로 보였으며 얼굴 생김새는 단정한 축에 속할지도 모르지만 그 괴물 같은 눈빛은 앞에 선 자의 혼을 꼼짝도 못 하게 틀어쥘 정도로 날카로웠다.

하지만 험상궂게 생긴 사내들은 그의 그런 눈빛을 보고 겁먹은 것이 아니었다.

그들은 알기 때문이다.

그 남자의 내면에는, 날카로운 눈빛 따위보다 훨씬 무시무시한 것이 들어 있다는 사실을.

"코… 코델리온 씨!"

"……."

이름을 불린 남자는 주변 사람들에게는 시선도 주지 않고 그대로 품속으로 손을 뻗었다.

거기서 끄집어낸 것을 본 바닥에 쓰러졌던 자들의 눈이 휘둥그레졌다.

"잠…."

뭐라 말하려 했으나 그 이상의 말은 나오지 않았다.

푸슉, 푸슉, 하는 탁한 소리와 함께 소음기가 달린 권총에서 몇 발이나 되는 탄환이 발사되어 바닥에 쓰러졌던 자들의 육체를 파괴했다.

두 개의 고깃덩이가 완전히 움직이지 않게 된 것을 확인하고 나서도, 남자는 계속해서 경계를 풀지 않고 권총을 움켜쥔 채 땅바닥을 내려다보았다.

"저, 저기…. 코넬리온 씨? 그 녀석들은?"

처음부터 공장 안에 있었던 남자들 중 한 명이 온몸에 식은 땀을 흘리며 물었다.

그러자 코넬리온이라 불린 남자는 시선을 그대로 둔 채, 지옥 밑바닥에서 울려 퍼진 듯 낮은 목소리를 토해 냈다.

"…파리다."

"파리?"

"누가 고기 냄새를 흘렸는지는 몰라도, 그럭저럭 후각이 좋은 파리였을 테지."

남자의 말에 공장 안에 있던 남자들이 퍼뜩 얼굴을 마주 보았다.

"설마, 다른 마술사의 스파이? 코넬리온 씨의 영주를 노린 겁니까?"

"…처리해라."

"네, 네!"

그의 부하로 보이는 험상궂게 생긴 남자들이 허둥지둥 바닥에 널브러진 시체와 피 웅덩이를 치우기 위해 움직이기 시작했다.

남자는 그런 그들에게 담담한 말투로 덧붙여 말했다.

"밖에도 있다. 시선을 엇나가게 하는 결계는 쳐 뒀다."

"엑?! 그렇게 많았습니까?!"

자신들이 적대 마술사들에게 둘러싸여 있었다는 사실과 그를 전혀 알아채지 못하는 실수를 저질렀다는 사실에 험상궂게 생긴 남자들이 겁에 질리자 남자는 낮은 목소리로 말했다.

"서른여섯 명이다."

"서른….'

남자는 할 말을 잃은 듯한 부하에게 계속해서 말했다.

"여기에 여섯, 밖에 서른이다. 서둘러 처리해라."

"네! …어?"

이곳에는 시체가 두 구밖에 존재하지 않았다.

"혹시, 위에 있습니까?"

지붕 위에 아직 네 구의 시체가 있다는 뜻일까?

부하인 험상궂게 생긴 남자들이 그렇게 생각하고는 어떻게 끌어내릴지 고민하던 찰나―.

다시금 푸슉, 푸슉, 하는 탁한 소리가 울려 퍼졌다.

일동의 시선이 위로 향한 순간, 다시금 남자의 권총이 불을 뽑어 그가 들이치기 직전에 공장 안으로 들어온 네 남자들의 머리에 바람구멍을 냈다.

"뭣…?!"

처음부터 공장에 있던 험상궂게 생긴 남자들은 어리둥절하며 몸을 경직시켰다.

"코, 코델리온 씨, 이게 무슨 짓입니까?"

"나를 얕보는 건 상관없다."

"네?"

"하지만, 이 공장은 스크라디오 패밀리의 소유물이다. 그 신성한 장소에 **이 정도 위장으로** 들어올 수 있을 거라 생각했다면 그것은 Mr. 스크라디오에 대한 중대한 모독이다. 사로잡을 가치도 없어."

다음 순간, 신선한 시체가 된 남자들의 얼굴이 일그러지기 시작하더니 전혀 다른 얼굴이 나타났다.

"──?!"

아마도 동료로 변장했던 적대 마술사들이리라.

진짜 동료들은 아직 살아 있을까, 진작 처리당했을까. 그런 생각을 할 여유조차 주지 않겠다는 듯 이 짧은 시간에 서른 명이 넘는 마술사를 학살한 남자는 안색 하나 바꾸지 않고 험상궂게 생긴 부하들에게 말했다.

"…'고기'를 처리하고 나면 지하로 와라."

"촉매는 받았다. …서번트를 소환한다."

×　　　×

스노필드. 어스름한 어딘가.

"버즈디롯 코델리온. 표면적으로는 산업폐기물 처리회사의
사장. 숨겨진 얼굴은 스크라디오 패밀리의 간부….."

팔데우스 디오란도가 눈을 가늘게 뜬 채 그러한 말을 입에
담자 옆에 있던 소녀―프란체스카가 덧붙여 말했다.

"그리고 거기에 숨겨진 또 다른 얼굴이 바로 '스크라디오의
독상어', 살육 마술사 버즈디롯…이라는 거지?! 동전을 뒤집었
다가 또 뒤집었더니 전혀 다른 얼굴이 나오다니. 이래서 세상
은 재미있단 말야!"

"성가시기만 한 걸요. 게다가 뭡니까, 그 별명은. 독상어도
살육 마술사도 자료에는 없습니다만."

"그야 당연하지. 내가 방금 붙인 거니까."

"그런가요, 다행이군요."

팔데우스는 소파 위에서 다리를 파닥거리며 신이 나서 말하
는 프란체스카의 모습을 곁눈질로 살피고는 손에 든 자료를 보
며 말을 이었다.

"지금까지 관여 여부가 의심되었던 살인은 125건 이상. 하지

만 하나같이 증거 불충분. 미죄微罪 사례를 긁어모아 형무소에
처박은 모양입니다만, 처음 들어갔던 형무소에서 반년 동안 간
수 세 명과 수감자 스물여섯 명이 '실종'. 형무소 내부를 스크
라디오 패밀리 파벌로 물들이기까지…. 용케 무마시켰군요, 이
거."

"무마시킬 수 있을 법한 사람을 골라서 없앤 거 아닐까아?
일단은 스크라디오 군을 위해 최대한 마술이 은폐되게끔 신경
을 쓴 것 같기도 하고. 오히려 갱의 악평을 이용해서 마술사라
는 사실을 숨기고 있는 건지도 몰라."

"마술사 쪽 경력도 처참하다 말할 수 있을 정도지만요…. 아
주 꼬일 대로 꼬인 '지배' 계통에 특화된 가계인 모양이더군요.
타인이 아닌 자기 자신의 '지배'에 주안점을 둔 마술…. 신체강
화와는 다른 듯하지만 상세한 내용은 불명. 시계탑에서는 경시
되고 있는 동양의 주술 계통에도 정통했다는군요."

팔데우스는 그다음 자료를 읽으며 피곤한 듯 눈을 가늘게 떴
다.

"여러 건의 마술사 살해사건에 관여한 것으로 의심되어 시계
탑 법정과法政科의 감시를 받았던 모양입니다만…. 어떠한 사건
을 계기로 쉬폰하임 수도원과 대립… 그 도중에 스크라디오 가
문의 비호를 받게 되었다라…."

"아, 쉬폰하임~ 듣자 하니 마침 그때 차기 원장이 행방불
명됐나 해서 난리도 아니었다더라고? 그렇지 않았다면 아무리

스크라디오라도 감싸 주지 못했을걸."

깔깔 웃으며 말하는 프란체스카와는 달리 팔데우스는 푸념을 늘어놓았다.

"저는 지금도 반대입니다, 프란체스카 씨. 이렇게 적이 많은 남자를 출소시켜서까지 이번 성배전쟁에 참가시키는 건. 자칫 잘못하면 시계탑 파벌 간에 파 놓았던 골이 메워져서, 한데 뭉쳐 우리를 제거하려 들 겁니다. 그건 어느 정도 예상한 일이기는 하지만, 생각도 못 했던 방향에서 화살이 날아올지도 모른다고요."

"그런 식으로 치면 다른 사람들도 마찬가지인걸? 불법입국중인 시그마 군에 극북極北의 강화마법으로 유명한 루센드라 가문의 막내딸인 도리스. 정통파 지배마술과 투영마술을 써서 월가에서 이런저런 일을 저지른 카슐라 군에 흑마술―위치크래프트의 이단아 할리. 그리고 시계탑을 배신한 팔데우스 군! 응, 온통 문제아투성이잖아."

"그 멤버라면 저 자신을 포함해 차라리 컨트롤할 자신이 있습니다. 하지만 당신과 버즈디롯 코넬리온만은 이야기가 달라요."

거기까지 말한 팔데우스는 눈을 가늘게 뜬 채 프란체스카에게 에둘러 항의를 하는 듯한 말을 내뱉었다.

"괜찮은 겁니까? 저 남자에게 **그런 것**을 건네줘도."

고스로리 의상을 걸친 소녀가 팔데우스의 말을 듣고 입가를 일그러뜨렸다.

"괜찮아, 괜찮아. 잘 하면 나도 감당이 안 돼서 한 치 앞도 예상 못 할 사태가 벌어질 거야. 그러니 괜찮다고."

"우리는 당신의 향락주의에 장단 맞춰 줄 생각이 없습니다. 여차하면 당신도 버즈디롯도 무대에서 강제적으로 끌어내려야 할지도 모릅니다."

"어머, 무서워라. 저격이라도 하게? 아니, 확실히 처리하기 위해 폭격을 하려나?"

팔데우스가 장난기라고는 조금도 느껴지지 않는, 차가운 목소리로 말한 데에 비해 프란체스카는 우스갯소리를 들은 어린 애처럼 깔깔대고 웃었다.

그것이 단순한 협박이 아니라는 것을 알기에 그녀는 다소 흥분한 듯 뺨을 붉혔다.

"근데 그것도 괜찮겠다. 너희를 상대로 노는 것도 나한테는 선택지 중 하나인걸? 난 애국심 같은 것도 없는 데다 애초에 미국에서 태어나지도 않았거든~"

"……."

상대의 말이 농담으로 들리지 않아 팔데우스는 온몸에 마력을 퍼뜨리며 눈치를 살폈다.

그가 경계하고 있다는 사실을 꿰뚫어 보고도 프란체스카는 일부러 무방비하게 소파 위에서 데굴데굴 구르며 말을 이었다.

"신대연맹神代聯盟─엘더 타이틀이 최후의 금랑金狼과 싸움을 벌였을 땐 나라가 하나 멸망할까 말까 한 수준이었다지? 역시 놀 때는 이번 성배전쟁처럼 판을 키워서 놀아야지! 아아, 상상했더니 흥분되기 시작했어! 미합중국과 미소녀 마술사의 대결이라니! 멋져라!"

"멋지긴 뭐가 멋집니까. 게다가 개인이 우리나라에게 이길 수 있을 거라는 우스꽝스러운 생각은 하지도 마십시오. 실제로 당신은 과거에 두 번 정도 기관에 의해 '말소됐다'고 들었습니다만?"

"아아, 응! **말소, 말소됐었지**! 꽤 아팠다고. 역시 물량이란 건 무섭단 말야~"

프란체스카는 국가가 자기 자신을 제거했었다는 이야기를 태연하게 입에 담았다.

"…저는 이해가 안 갑니다. 수십 년이 지났다지만 당신과 다시 손을 잡은 정부의 생각도, 자신의 존재를 지우려 한 정부와 손을 잡는 당신의 속내도."

"그만큼 네 상사가 내 힘을 인정했다는 뜻이기도 하고, 나는 사소한 일은 신경 안 쓰는걸. 단지 그뿐이라고. 애초에 육체를 살해당하는 건 익숙한 일이기도 하고."

"당신의 존재방식은 그럭저럭 알고 있습니다만, 그럼에도 제 정신인지를 의심하지 않을 수 없는 발언이군요."

"몸을 살해당하는 일은 내게 절망도 뭣도 아니야. 애초에 나를 진정한 의미에서 죽인 건 한 사람뿐인걸. 뭐, 내 몸을 죽인 사람은 몇 사람이나 되지만 내게 **한 방을** 먹인 건 손에 꼽을 정도밖에 안 되지 않을까."

그녀는 과거를 그리듯 허공을 올려다본 채 웃으며 빠득빠득
이를 갈았다.

"으음, 우선은 키슈아 영감님에. 향락주의자인 생 제르맹,
유구한 시간을 사는 동화의 마녀… 아, 지금은 유구한 시간을
'살았던'이라고 해야 하려나? 그리고 또 그 모나코의 돈 많은
흡혈종이라든지… 어느 학교에 있었던 엄청 오래된 방언—고
도워드를 쓰는 선생이라든지… 선생이라는 말이 나와서 말이
지만 내 마술 스승님들이라든지…."

마술의 세계를 속속들이 잘 알고 있는 팔데우스로 하여금
'말도 안 되는 소리'라는 생각이 절로 들게 하는 이름과 단어들
이 나열되었다. 하지만 마지막으로 프란체스카의 입에서 튀어
나온 이명異名은 팔데우스에게도 매우 친숙한 이름이었다.

"아아! 그리고 그 애! 상처 입은 적색—스카 레드!"

"…본인 앞에서 말하면 살해당할 걸요."

팔데우스나 란갈보다 훨씬 높은 차원에 자리한 천재 인형사
로, 시계탑 최고의 마술사 중 한 명이 떠안은, 모멸과 경외심
이 담긴 특수한 이명. 그 이명은 시계탑에 소속된 마술사들 사
이에서는 어느 정도 유명한 동시에 절대적인 금기어로 여겨지
고 있었다.

최종적으로 왕관의 지위—'그랜드'에 도달한 그 여자 마술
사는 칭호라 할 수 있는 '색'을 시계탑에서 부여받았다. 그러나

자신이 바랐던 '청색'의 칭호는 얻지 못한 것도 모자라 삼원색의 '적색' 그 자체에도 도달하지 못해, 그에 가까운 색의 칭호를 얻게 되었는데—.

그것을 비꼬는 의미에서 붙여진 그 이명을 이상하리만치 싫어해, 눈앞에서 그녀를 그렇게 부른 자는 예외 없이 살해당했다는 소문이 있었다.

팔데우스는 알았다.

그것은 단순한 소문 따위가 아닌, 틀림없는 진실이라는 것을.

—아니, 하지만… 프란체스카 씨라면 본인 앞에서 말하고도 남지….

프란체스카는 팔데우스의 생각을 들여다보기라도 한 듯 깔깔대고 웃으며 말했다.

"응, 나도 예외가 아니었다니깐? 본인 앞에서 말하는 바람에 **몇 번이나 살해당해 버렸지 뭐야!**"

깔깔대고 웃은 뒤, 프란체스카는 뿌우, 하고 뺨을 부풀려 다소 부루퉁한 표정을 지었다.

"아니, 정말 난리도 아니었다니깐? 그 애, 엄청 끈질긴 데다 음험하기까지 해서~ 남의 공방은 박살 내지, 자기 마음에 든 마술용구 같은 건 훔쳐 가지, 심지어 반대로 이쪽이 죽었더니 몸 안에 심어 뒀던 ■■■■을 기동시키질 않나. 그러면서 본인은 아무렇지도 않은 얼굴로 부활하기까지 하더라고~ 서른 번 정도 살해당한 참에 그 여자네 가족한테 중재해 달라고 부탁했는데 있지….”

그 ‘가족’과도 무슨 일이 있었는지 프란체스카는 한숨을 내쉬며 고개를 가로저었다.

“결국 마지막으로 한 번 더 죽이면서 ‘두 번 다시 내 눈앞에 그 꼴일 대로 꼬인 마술회로를 보이지 마라.’라면서 협박을 하더라고! 그래서 지금 이 몸을 쓰게 된 거야.”

프란체스카는 “어때?”하고 말하며 고혹적인 미소를 지은 채 몸을 젖혔지만, 팔데우스는 눈썹 하나 꿈쩍하지 않고 자신의 머릿속에 떠오른 의문만 입에 담았다.

“그 몸이 된 건 3년 정도 전이었죠. 당시 상층부가 ‘그녀’를 고용하겠다고 제안했을 때, 강경하게 반대했던 건 그 때문이었습니까.”

“뭐, 그런 이유도 있지만…. 어차피 그 애는 거절하지 않았을까아? 자기 취향에 맞는 일이 아니면 안 하잖아. 왜, 돈보다 재미가 있느냐 없느냐를 중요시하는 가계라고들 하잖아. 아아, ‘영령을 성육신시킬 인형을 만들어 보지 않을래?’라는 의뢰라면 협력해 줬을지도 모르겠다.”

현시점까지 이 성배전쟁에 직접 관여하지 않은 마술사들에 관한 이야기를 한 뒤, 프란체스카는 문득 얼굴에서 표정을 지운 채 말했다.

“내 입으로 말하자니 좀 그렇지만, 그 상처빨강이의 인형 간 기억 카피는 완벽해. 그야말로 영혼까지 카피한 게 아닐까 의

심스러울 정도로 말야.”

“그건….”

소녀의 말을 들은 팔데우스는 뭐라 말하려다 눈살을 찌푸린 채 입을 다물었다.

그리고 프란체스카는 그가 삼킨 말을 날름 입에 담았다.

“그 애, 혹시 제3마법에 도달한 건 아니겠지? 뭐, 그건 그것대로 우리가 하는 일이 죄다 헛짓이 되는 셈이니 엄청 재미있는 일이겠지만 말야! 아핫!”

또다시 웃음을 터뜨린 그녀 앞에서 팔데우스는 미간을 더욱 심하게 구기며 한숨을 내쉬었다.

“하나도 좋을 게 없잖습니까. 국가는커녕 마술세계에 크나큰 손실입니다.”

“괜찮아. 분명 제3마법은 조만간 마법이 아니게 될 테니까. 그런데, ‘제3마법을 마술의 단계까지 끌어내린다’… **그게 너희의 최종 목적이라는 걸 잊은 거야?**”

“…저희의? 당신의 목적 아닙니까?”

“목표이긴 하지만 통과점에 불과해. 아마 몇 단계 정도 더 별의 개척이 진행되면 재현할 수 있을 거야. 이 성배전쟁 그 자체도. 아무튼 최대한 많은 성배전쟁을 일으켜 줄 테니, 너희는 열심히 그 패턴을 분석해 줬으면 해.”

프란체스카가 자애라도 베푸는 듯한 다정한 어투로 말하는 바람에 팔데우스는 눈이 휘둥그레져서 입을 열었다.

"저는 영락없이 당신이 제3마법의 사용자가 되는 게 목적인 줄로 알았습니다만."

그러자 프란체스카는 "섭섭하네~"하고 웃으며 소파 위에서 다리를 휘둘러 세차게 일어났다.

"영차…. 뭐, 상처빨강이면 모를까, 내 자질로는 애초에 무리라는 건 둘째 치고…. 마술사인 내가 이제 와서 마법사가 된들 재미가 없잖아?"

"…아까 다른 분들을 '향락주의자'라느니 '재미가 없으면 움직이지 않는 가계'라고 했던 사람이 할 말은 아닌 것 같은데요."

"내가 그렇지 않다고 한 적은 없는데? 뭐, 나는 그 둘에 비하면 귀여운 축에 속하지만 말야."

"……."

팔데우스가 어이가 없어 말이 안 나온다는 듯한 표정을 짓자 그녀는 그때까지 보이던 순진함으로 가득한 것과는 다른, 어쩐지 어른스럽고도 요염한 미소를 지으며 입을 열었다.

"인간이 재현할 수 있는 마술은 괜찮아. 하지만 인간의 한계를 정의한 마법 같은 건 없는 게 나아. 나는 그렇게 믿고 있고, 그 벽에 도전하는 어리석음이야말로 인간의 본질이라고도 믿고 있어."

그녀는 눈을 살며시 감았다.

앞으로 시작될 '축제'의 앞날을 머릿속에 그리듯이.

"그 근원에 있는 것이 바닥날 줄 모르는 선의가 되었건… 하늘 높은 줄 모르는 악의가 되었건 말야."

×　　　×

식육공장. 지하.

"나의 물음에 대답하라, 마술사여."

'위대한 영웅'.
혹은 그런 말조차도 진부하게 느껴질 정도의 '무언가'.

"당신이 나의 마스터가 되어 시련을 내릴 자인가."

그렇게 표현할 수밖에 없는 존재가 몇 중으로 결계가 쳐진 식육공장 지하에 현현했다.
소환한 남자, 버즈디롯 코델리온은 그 말을 듣고 담담히 답했다.
"그걸 결정하는 건 내가 아니라 너일 거다."
한편, 버즈디롯의 수하인 정장 차림의 마술사들은 온몸에서 식은땀을 흘리며, 동요한 자신의 마술회로를 진정시키느라 애를 먹고 있었다.

그 자리에 현현한 존재가 자신들과는 다른 위상에 위치한 '무언가'라는 사실을, 한 번 본 것만으로 알아챘기 때문이다.

우선 인간의 영역을 초월한 체구에 신이 빚은 조각상이라 해도 과언이 아닐 외모를 지니고 있었다.

신장은 2미터 50센티미터를 훌쩍 넘겨 천장에 머리가 닿을 락 말락 했다.

우람한 체구의 대장부라는 사실은 말할 것도 없고 그 근육섬유 하나하나, 혈관을 타고 흐르는 피 한 방울 한 방울에 신기神氣라 해야 할 순수한 체내마력—오드가 넘쳐 나, 그 육체만으로도 어지간한 마술은 물론이고 여러 사람이 펼치는 대규모 마술조차도 가볍게 소실시켜 버릴 듯 보였다.

배어나는 기운만으로 장중의 분위기를 지배하고, 불과 몇 초의 행동거지만으로도 보는 자로 하여금 성스럽다는 생각을 하게 할 정도의 존재였다.

가령 이 영령이 날뛴다면 자신들은 아무것도 하지 못할 테고, **이 영령이 무슨 짓을 하건 그 행위는 분명 옳은 일일 것이라며 받아들일 수밖에 없으리라.**

버즈디롯의 부하들은 눈앞에 나타난 완벽한 영령의 모습을 보고 그러한 망상에 사로잡히기 시작했다.

실제로 몇 초 정도의 시간이면 도수공권徒手空拳으로 이 방에 있는 모든 인간을 학살하고도 남을 영령이었지만 그 육체와 마력의 압력과는 대조적으로 신사다운, 온화한 태도로 공방 중앙에 서 있었다.

그 사실이 반대로 이 영령을 상식 밖의 존재로 느껴지게 하여, 버즈디롯을 제외한 나머지 마술사들은 끊임없이 이 자리에서 도망치고 싶다는 충동에 시달리고 있었다.

이곳은 자신 같은 말단 마술사가 있을 곳이 아니다.

자신은 지금, 봐서는 안 될 존재를 보고 있다.

하지만 아무도 그 자리에서 움직이지 않았다.

공포에 의한 충동을 억누른 것은 그 이상의 공포였다.

버즈디롯이 그 자리에 있는데 먼저 도망칠 수는 없다.

이유는 단지 그뿐이었다.

버즈디롯이 영령과 뭐라 대화를 나눴지만 남자들의 귀에는 들리지 않았다.

인간을 까마득히 초월한 존재와 자신들의 지배자인 남자의 대화.

간신히 들을 수 있게 됐을 즈음에는 영령이 표정을 구기고 있었다.

그들의 상사인 버즈디롯은 명확히 기분이 상한 듯 보이는 영령 앞에서 무표정하게 물었다.

"왜 그러지? 대답해라."

"……."

"나는 【투쟁에서 이기기 위해서라면 **어린아이를 죽일 수 있겠나?**】라고 물었다."

"할 수 있을 리 없다. 그러한 명령을 내리는 자가 있다면, 그자가 바로 내 적이다."

표정이 사라진 영웅의 입에서 묵직한 목소리가 울려 퍼졌다.

"나를… 시험하는 건가?"

말과 함께 눈에 보이지 않는 압력이 바람이 되어 지하공방을 가로질렀다.

마력과는 다른, 순수한 위압감. 평범한 인간이라면 그것을 정면에서 쐬기만 해도 목숨을 잃을 수도 있을 정도의 묵직한 기백이 마술사들의 사지에서 자유를 앗아 갔다.

"나의 정체를 알면서 그런 말을 한 것이라면… 목숨을 내놓은 것으로 판단하겠다."

그러한 압력과 동시에 내뱉은 말은 그 자리에 있었을 뿐인 마술사들의 귀에는 사형선고나 다름없이 들려서, 그들은 버즈디롯 탓에 살해당하리라 각오했다.

그럼에도 마음속에 떠오른 것은 상사에 대한 증오가 아니라 체념이 뒤섞인 경외심이었다.

그러자 그 상사는 방을 송두리째 부술 듯한 압력 앞에서 눈썹 하나 꿈쩍하지 않고, 인간답지 않은 눈빛으로 상대를 노려보며 대답했다.

"당연하다. 내 목숨은 버린 지 오래다."

그렇게 말하며 왼손을 내밀자, 그 손등에 새겨진 문양이 번뜩였다.

"영주로써 명한다―."

"…어리석군."

영령은 상대가 영주에 의한 복종을 자신에게 명령할 생각이라 판단하고는 고개를 가로저었다.

영주에 의한 속박은 일시적인 것에 불과했다. 자신의 마력이 있으면 그것을 뿌리치는 일은 아무것도 아니리라는 사실도 알았다. 설령 세 획을 전부 사용해 자결을 명령한다 해도 자신에게는 **세 번 정도의 자결쯤 아무런 문제가 되지 않을 것**이라고 판단했다.

하지만 그럼으로써 영주에 의한 속박이 무의미하다는 사실을 깨닫고 분수를 알게 할 수 있다면, 구태여 그 행동을 방해하지 않고 한 획을 소비하게 두기로 했다.

소환된 그 영령은 너무도 고결했다.

만약 위험이 닥쳐들었을 때 수단을 가리지 않는 영령이었다면 상대가 영주를 발동시키기 전에 목을 꺾어 버리거나 날려 버렸을 것이다. 혹 그 영령이 라이더나 어새신으로 소환되었다면 망설임 없이 그랬을지도 모르는 일이었다.

하지만 이번처럼 **삼대기사 클래스 중 하나**로 소환될 경우, 그 영령의 '흠 잡을 데 없는 대영웅'으로서 전해진 서사시적인 측면이 두드러지게 되어 있어 일종의 기사도 같은 품격이 몸에 깃들어 있었다.

그것이 그 상식을 초월한 대영웅에게 치명적인 빈틈을 만들었다.

영주를 사용해 내뱉은 명령은 복종을 맹세케 하는 말 따위가 아니었기에.

"―'본심을 드러내라'."

"윽…."

영웅이 신음소리를 흘림과 동시에 버즈디롯의 영주에서 한 획이 빛나더니―농밀한 마력이 영웅의 뇌를 침식했다.

―이럴 수가.

영웅의 마력은 과거에 치러졌던 성배전쟁을 통틀어도 톱클래스로, 신대의 마녀들이라면 모를까, 현대의 마술사의 정신간섭 따위를 받을 리가 없었다.

하지만 영주를 경유한 것이라고는 하나 눈앞에 있는 마술사의 '무언가'는 영웅의 뇌를 강렬하게 뒤흔들기 시작했다.

영웅은 일찍이 그와 비슷한 침식을 경험했던 일을 떠올렸다.

자신보다 훨씬 상위에 자리한 존재가 박아 넣었던, **심연의 저주**를.

눈앞에 있는 남자는 그와 같은 맥락의 무언가를 자신에게 내쏘았다.

"네놈…, 무슨 짓을…."

"죄도 회한도 감출 필요 없다. 네 마음 깊숙한 곳에 있는 감정을 드러내라. 나는 그 모든 것을 지켜볼 테니."

버즈디롯은 무표정하게 지옥의 밑바닥에서 울려 퍼진 듯한 목소리로 영웅에게 '유혹'의 말을 던졌다.

"내게 필요한 것은 네 영웅으로서의 힘이 아니다. 목적을 달성하기 위해서라면 수단과 방법을 가리지 않는 탐욕스러움이지. 결과적으로 도달하게 되는 것이 고결한 길이라 해도 악랄한 수단을 망설임 없이 선택하는, 한 사람의 인간으로서의 망집妄執 말이다."

움직임을 멈춘 영웅에게 그렇게 속삭이며, 버즈디롯은 다시금 왼손을 내밀었다.

"영주로써 거듭 명한다. ─'네가 보아 온【인간들】을 떠올려라'."

그 말에 뭔가 특별한 의미가 있는 것인지.

아니면 저주와 같은 의도가 담겨 있는 것인지.

영웅의 귓불을 때린 그 명령은 이번에도 마력의 덩어리가 되어 영주의 힘을 뇌 속 깊숙한 곳까지 퍼뜨렸다.

눈앞이 깜박이더니 그 사이사이, 영웅이 생전에 만났던 온갖 인간들의 얼굴이 떠올랐다.

개중에는 옅게나마 신의 피를 이은 자도 있었으나 그의 앞에서는 별다를 것 없는 '평범한 인간'에 불과했다.

겁쟁이를 그림으로 그린 듯한 폭군이 엉덩방아를 찧으며 울부짖었다.

―【알겠다! 칭송하마! 왕의 이름으로 네놈을 찬양하마!】
　　―【그, 그러니, 그 이상 내게 다가오지 마라, 이 괴물!】

오만한 태도가 특징적인, 금발의 남자가 말했다.

　　　　―【오호, 네가 '　　　　　'냐.】
　　―【멋지군, 부러워! 확실히 소문으로 들었던
　　　　대로의 괴물이야!】

―【안심하라고. 나는 너를 우대하며
사용해 보일 테니.】

―【나… 나와 함께 있을 때만은, 너는 괴물이 아닐 거
야.】

　　　　　　　　　　―【미래의 왕을 지키는 대
영웅이지.】

사랑했던 여자가 스스로 죽음을 택하며 말했다.

　　　　　　　　　　―【당신은 아무 잘
못도 없어.】

―【그러니, 부디 세상을 원
망하지 말아 줘.】

―【자신의 피를 원망하지 말아 줘.】

―【당신은 강하니까, 분명 할 수 있을 거야.】

　　　　　　　　　　―【나는, 그러지
못했지만.】

목을 꺾어 불속에 내던지기 직전에, 적병敵兵 남자인 줄 알았던 그것은 말했다.

—【아버….】

만났던 순서와는 무관하게, 수없이, 여러 겹으로 인간들의 모습이 포개어졌다가는 사라져 갔다.

그에 호응하듯, 영주를 통해 심상치 않은 양의 마력이 쏟아져 들어왔다.

—이럴, 수가.

—이 시대의 인간이 지닐 수 있는 마력의 양이 아니야!

—그야말로 우리 시대의… 마녀 같은….

희대의 대영웅이 조용히 그 자리에 무릎을 꿇었다.

믿을 수 없는 광경이 눈앞에서 벌어지자 버즈디롯의 부하들은 당황했다.

그야말로 차원이 다른 존재가 자신의 상사인 마술사 앞에서 괴로워하고 있었다.

마스터와 서번트의 관계.

그런 단순한 말로는 설명이 되지 않는 일이라는 사실을, 그 광경을 본 모두가 이해했다.

하지만 명확한 대가가 있었다는 것도 한눈에 알아볼 수 있었다.

성배전쟁에서 각 마스터의 생명선이라 할 수 있는 영주. 서번트를 제어하거나 명령의 강요, 순간적인 전이와 긴급대피 등, 서번트를 대상으로 마법에 가까운 일을 가능케 하는 비장의 수를, 세 획 중 두 획까지 소비한 것이다.

하나 남은 영주는 서번트가 배반할 경우를 대비해 반드시 남겨 둬야 하니, 이제 이 성배전쟁에서 버즈디롯이 사용할 수 있는 영주는 없는 것이나 다름없었다.

결정적인 핸디캡이 생겨 버렸다는 사실이 불안하기는 했다. 하지만 버즈디롯이라면 어떻게든 할 것이 분명하다는, 공포와 함께 마음속에 자리한 일종의 신뢰감이 마술사들의 정신을 안정시켜 주었다.

하지만 그 안정도 불과 몇 초 만에 무너져 내렸다.

"영주로써 거듭 명한다ㅡ."

그 말이 떨어지자 이번에야말로 지하공방에 있던 마술사들이 얼어붙었다.

영주를, 소환과 동시에 세 획 전부 소비하다니.

성배전쟁에 관해 아는 자라면 어린애라도 하지 않을 어리석은 짓을 하려는 상사 앞에서, 마술사들은 이번에야말로 죽음을 각오했다.

한편, 소환된 영령도 자신을 침식해 오는 마력을 억누르며 각오를 굳혔다.

ㅡ이 마술사는, 위험하다.

그는 버즈디롯이 마지막 영주를 소비하는 일을 어리석은 짓이라 생각하지 않았다.

표정은 그대로지만, 이 마술사는 목숨을 걸고 있다는 것을 ―존재의 모든 것을 저울에 올려 영령인 자신을 다른 무언가로 변질시키려 하고 있다는 것을 알아챘기 때문이었다.

―마지막 영주로 내릴 명령이 무엇이 되었건, 이 남자만은 제거해야 한다.

영령도 자신을 침식해 오는 힘의 정체가 무엇인지는 알 수 없었다.

하지만 자칫 잘못하면 성배전쟁에 소환된 다른 영령들에게까지 이 침식이 파급될 것이다.

자신의 내면에서 솟구친 '생전의 저주'를 제어하는 것만 해도 힘에 벅찰 텐데, 대영웅은 여전히 고결했다.

―내가 막아야만 한다.

―이 시대에서 날뛰는, 사악한 폭군을.

평범한 서번트였다면 진작 발광 상태에 빠졌어도 이상할 것 없을 정도의 정신오염이 진척 중인 가운데, 이 대영웅은 그럼에도 자기 보신이 아니라 아직 만난 적도 없는 다른 영령들과 이 시대에 사는 자들을 위해 손을 뻗었다.

악랄하다 해도 좋다. 마스터를 죽인 광령狂靈이라 불려도 상관없다.

영웅 중 영웅이라 불리던 남자는 자신의 명예마저도 내버리고 아직 보지 못한 자들을 위해 눈앞에 있는 마술사를 쓰러뜨리리라 결의했다.

그리고 모든 정신오염을 뿌리치고, 마술사의 목에 손이 닿으려던 그 찰나—.

영웅의 고결함을 비웃듯 버즈디롯이 마지막 영주를 소비했다.

"—'지상의 옷—인간의 본질을… 받아들여라'."

버즈디롯 본인을 제외한 공방 안에 있던 모든 자들이 '그것'을 보았다.

영주가 모두 소실된 버즈디롯의 왼쪽 손목.

그 소맷부리에서 영주와는 다른, 검붉은 문신이 드러나더니—.

기분 나쁜 생물처럼 꿈틀대기 시작하는 순간을.

×   ×

어스름 속.

"그러면 저는 이만 실례하겠습니다. 소환 준비에 착수해야 해서."

"응, 그래~ 나도 혼자서 느긋하게 알트 짱이 소환되는 걸 보고 싶거든~"

프란체스카는 소파에서 침대로 몸을 옮겨 다리를 파닥거리며 말했다.

팔데우스가 그런 그녀를 보며 마지막으로 한 번 더 충고했다.

"프란체스카 씨, 당신이 얼마나 많은 수라장을 헤쳐 나왔는지는 잘 알겠습니다. 하지만 저 같은 초짜 마술사는 그래도 걱정을 거둘 수가 없습니다."

거기까지 말한 팔데우스는 한차례 눈을 가늘게 뜨고서 버즈 디룻이라는 남자에 대한 적개심을 노골적으로 드러내며 말을 이었다.

"정말로… 그 남자에게 '그것'을 건네준 것이 문제가 되지 않을 거라 생각하시는 겁니까?"

"그렇게 불만이야? 하지만 그 촉매로 부를 수 있는 영령을 풀 스펙으로 다룰 마력은 나도 변통할 수 없는걸? 그야말로 버즈 군이랑 스크라디오 가문의 콤비가 아니면 불가능해."

"촉매 이야기가 아닙니다. 당신이 후유키에서 가져온 '부산물'을 두고 말한 겁니다."

그러자 프란체스카는 "아아."하고 고개를 끄덕이더니 짓궂은 미소를 지으며 말했다.

"별수 없잖아. '그것'을 다룬다고 해야 할지, 자아를 똑바로 유지한 채 **늘릴 수 있는** 건, 그야말로 나나 버즈 군 정도뿐인데…."

"나는 그렇게 귀엽지 않은 '진흙'은, 계속 만지기 싫었거든! 아하핫!"

×   ×

식육공장.

그것은 이상한 광경이었다.

영주의 마력과 동시에 흘러든 검붉은 무언가가 영령의 몸을 좀먹기 시작했다.

영령이 저항하듯 마력을 방출하자 공방에 둘러쳐져 있던 결계의 절반 이상이 날아갔다.

완전히 막아내기가 어려울 정도로 압도적인 마력의 영향으로 마술사들 중 몇 사람이 경련을 일으키며 쓰러졌다.

버즈디롯은 그 마력의 격류를 몸으로 받으면서도 날카로운 눈빛으로 계속해서 영령을 노려보았다.

"녀석들이 부정한 것을 축복하고, 칭찬하고, 사랑해라. …실컷 말이다."

영령을 향해 뻗은 왼손으로 영주의 힘뿐 아니라 자기 자신에게 축적되어 있던 마력도 방출했다.

시계탑에서는 이단시하는 동양의 주술까지 이용하여 자신의 팔에서 뻗어 나온 검붉은 '무언가'를 영령의 몸에 계속해서 박아 넣었다.

대마력對魔力의 벽을 주술로 뭉텅 베어 내고 그곳을 통해 그림자처럼 꿈틀대는 검붉은 '무언가'를 직접 침식시켜 나갔다. 하지만 그것을 제외하더라도 버즈디롯의 몸에서 방출되고 있는 마력의 총량은 비정상적일 정도로 방대해서, 영령은 뭔가 트릭을 썼다는 생각이 들었지만 그 정체를 밝혀낼 여유는 없었다.

온몸을 쥐어뜯듯 자신의 몸을 꽉 끌어안은 영령은 자신에게 죽음을 선사했던 독으로 인한 괴로움을 떠올렸다. 그것과는 다른 부류의 괴로움일 터인데, 그의 본능이 그 독에 중독되었던 괴로움을 기억 속에서 끄집어냈다. 본능이 외치고 있는 것이다. 지금 흘러들고 있는 힘은, 그와 비견할 정도로 위험한 것이라고.

필설로 형용하기 어려운 괴로움을 견뎌 내면서도 영령은 내외에서 자신을 부추기는 '충동'을 필사적으로 억누르려 했으나 ㅡ.

다음 순간, 버즈디롯이 보낸 '진흙'과 자신을 구성하는 업業 중 하나로 내포하고 있던 '저주'가 뒤엉켜, 무릎을 꿇은 영령이 공간 그 자체가 뒤흔들릴 정도의 절규를 내질렀다.

"""""ㅡㅡㅡㅡㅡ

그 포효에 호응하는 모양새로 그의 몸에 극적인 변화가 일어
났다.

검붉은 진흙이 영령의 온몸을 감싸는가 싶더니만, 그 굵직하
고 늠름했던 사지에서 근육이 깎여 나가고, 골격 그 자체가 위
축된 듯 전체적인 키가 50센티미터 정도 줄어들었다.

몸을 뒤덮었던 '진흙' 같은 무언가는 그대로 염료가 되어 영
웅의 피부를 검붉게 물들였다.

그리고 심장 부근에서 '진흙'과 뒤엉켰던 **다른 종류의 힘**이
하얀 염료가 되어 마치 심장을 후벼 파낸 흉터처럼 바큇살 모
양의 문양을 새겨 넣었다.

버즈디롯은 왼손을 내민 채 영웅에게 물었다.

"쓸데없는 것을 제거하고 나니 기분이 어떠냐? 앞으로는 그
진흙이 대신 힘을 줄 거다."

"……"

버즈디롯이 말없이 시선을 날려 오는 영령에게 담담히 물었
다.

"이미 마력의 통로는 연결되어 있지만… 이쪽에서 먼저 묻도
록 하지."

몸이 줄어들었다고는 하나 그럼에도 자신보다 머리 하나만

큼은 키가 큰 영령을 노려보며.

"묻겠다. 네놈이 내 서번트냐."

얼마간 침묵이 흐른 뒤, 영령이 답했다.

"…좋, 다."

그는 어깨에 두르고 있던 천을 펼치더니 머리에 그것을 뒤집어써서 자신의 얼굴을 가렸다.

"나의 복수를 성취하기 위해… 나는 네놈을 이용하겠다. 그럴 가치가 없어지면, 네놈의 모가지… 이 손으로 비틀어 끊어 주마."

영령은 기묘한 차림새가 되더니만 거의 발광할 뻔했던 자라는 것이 믿기지 않을 정도의 이지적인 말투로 흉흉한 말을 입에 담았다.

버즈디롯은 그런 그에게 역시나 무표정하게 물었다.

"어째서 얼굴을 감춘 거지?"

"…훈계 삼기 위함이다. 두 번 다시는 '인간의 업'을 보지 않도록."

"…아아, 그렇군. 그 천은 '그것'의 가죽인가. 그리고 자유롭게 움직일 수 있다면 상관없다."

"문제없다. …어차피, 이 얼굴을 세상에 드러낼 생각은 없다. 성배의 힘으로 나의 **이름**을 구축驅逐할 때까지는."

성배의 힘으로 '이름'을 지운다.

영령이 그런 묘한 말을 하자 버즈디롯은 흠, 하고 턱에 손을 가져다 댄 채 말했다.

"그렇다면 너를 뭐라 불러야 할까. 본래의 존재에서 너무도 많이 변질되고 말았는데…. 얼터너티브…. '얼터'라고 부르도록 할까?"

그러자 영령은 살며시 고개를 가로젓더니 자신의 진명을 입에 담았다.

소환되었을 때와는 전혀 다르게 변질되기는 했으나, 그의 원점이라 할 수 있는 진명을.

"나의 이름은――――――――."

×   ×

식육공장에서의 일을 계기로, 또한 이날 밤 오페라하우스에서 벌어진 세이버 현현을 전후로 여러 영령들이 스노필드라는 도시에 강림하였다.

목적했던 영령을 불러낸 자, 터무니없는 영령을 불러낸 자, 그리고 자신이 소환한 영령을 채 보기도 전에 목숨을 잃은 자.

마스터들과 소환된 영령들이 서로의 운명을 농락하는 가운데, 모든 영령을 소환한 '거짓된 성배'는 얼마간 잠에 몸을 맡겼다.

자신의 몸을 원하는 자에게 자신을 보상으로 내밀기 위해.

도시 전체를 무대로 한 영령들의 연회를, 꿈결에 듣는 자장가 삼아.

막간
『이름 없는 병사의 수난』

―다른 마술사들은 이제 영령을 모두 소환했을까.

동쪽 하늘이 밝아지기 시작한 것을 본 시그마는 한껏 숨을 들이켜고서 저택 창문을 닫았다.

그리고 지하에 자리한 타인의 공방에 발을 들였다.

결계 같은 것은 이미 제거되어 있어, 시그마의 의식을 방해할 만한 것은 아무것도 없었다.

지하에 내려가며 시그마는 생각했다.

―정말로 내가 불러낼 수 있을까?

―애초에 영령이라는 게 뭔데? 무슨 기준으로 '좌座'라는 것의 선택을 받는 거지?

자신은 마술을 쓸 줄 아는 용병에 지나지 않았다.

소속되어 있던 정부가 망한 뒤, 망하게 한 자들이 자신을 거두었다. 그런 관계에 불과했다.

어째서 특별한 힘을 지닌 것도 아닌 자신에게 눈독을 들인 것일까.

그런 생각을 하며 그는 조용히 의식을 준비해 나갔다.

그는 정부의 복수를 할 생각은 추호도 없었다.

어릴 적부터 이런저런 초보적인 마술을 배워 왔다.

사역마를 사역하는 능력이 뛰어나다 판단되어 그쪽 방면의 마술 훈련이며 무기 사용법 등을 철저하게 교육받았고, 비는 시간에는 '정부가 얼마나 유능하며 절대적인 존재인가' 하는 것을 배웠으나―정부가 맥없이 다른 것으로 바뀌어 버린 시점에서 그것이 모두 거짓말이었음을 이해했다.

아무것도 믿지 않았다.

자신의 기량도 고용주의 마술과 팔데우스의 부하들이 하는 훈련을 보고 나니 미덥지 못하고 어중간하게만 느껴졌다.

그렇기에 그는 생각했다.

신앙심이라는 것이 전혀 없는 자신이 '성배' 같은 것을 두고 벌이는 쟁탈전에 참가해도 되는 것일까, 하고.

시그마는 '성배전쟁'의 의의 자체는 알았다.

모든 소원을 이루어 주는 원망기. 그 시스템의 근간인 성배를 두고 벌이는 쟁탈전.

그러나 시그마는 그 '원망기'라는 개념 자체를 완전히는 이해할 수가 없었다.

그의 머릿속에서는 애초에 '원망願望'이라는 개념 그 자체가 매우 희박했기에.

성배에 바랄 만한 소원은 있느냐고 고용주가 물었을 때, 시그마는 답이 궁했다.

욕망이 없는 것은 아니었다. 굳이 말하자면 수면욕과 식욕은 있었다.

하지만 그것이 성배라는 외부장치에 자신의 미래를 맡겨 가면서까지 바랄 만한 것일까?

가령 그 '성배'라는 것에서 영원히 음식이 솟구쳐 나온다 한들, 그 성배에는 대체 무슨 득이 있다는 말인가.

대가를 필요로 하지 않는 공급 같은 것이 있다면 그것은 시그마에게 있어 이해할 수 없는 일이자 꺼림칙하기 그지없는 일에 지나지 않으리라.

하지만 의문스러워할 뿐, 그것을 캐고 들 생각은 없었다.

감정이 희박한 청년은 담담히 자신의 일을 해 나갔다.

수면과 매일 먹을 식사, 그저 그것만을 위해서.

그가 나고 자란 환경에서는 그것이야말로 그 무엇보다 값진 것이었기에.

"내려서는 바람에는 벽을. 사방의 문은 닫고――."

신도 기적도, 자신의 힘조차도 믿어 본 적이 없는 청년이 신이 행한 것에 필적하는 기적, '영령소환'을 위해 주문을 외웠다.

깊은 생각도 욕망도 없이, 그저 기계처럼 마력을 자신의 온몸과 의식의 장에 순환시키며.

"억제의 고리로부터 오라, 천칭의 수호자여!"

딱히 힘을 실을 생각은 없었지만 영창이 끝나 가던 중, 온몸에서 마력이 급격히 빠져나가는 통에 저도 모르게 소리를 치고 말았다.

하지만 그것은 마력이 온전히 의식의 중심으로 흘러 들어갔다는 증거이기도 했다.

주변에서 빛이 넘쳐 대기 시작한 것을 보고도 시그마의 마음
은 흔들리지 않았다.

그저 마력이 뭉텅 빠져나간 것으로 인한 피로감이 느껴질 뿐
이었다.

청년은 마력의 빛이 소용돌이치는 것을 보며 지극히 냉정하
게 자신의 위치를 재확인했다.

자신은 이 '성배전쟁'이라는 것에서 고용주가 머릿수를 맞추
기 위해 준비한 장기짝에 불과했다.

아무런 촉매도 쥐여 주지 않은 것이 그 증거였다.

—"실은 있지, 너한테도 이런저런 것들을 준비해 줄 예정이
었어."

—"검은 수염 군의 재보財寶라든지, 파라켈수스의 플라스크
라든지 영웅 스파르타쿠스의 수갑이라든지."

—"근데, 갑자기 이런 생각이 들지 뭐야."

—"정말로 아무런 촉매도 없는 상태에서 '도시'에게 영령을
선택하게 하면, 대체 뭐가 나올까."

—"이 도시의 어수선한 상황에 맞춰 선택하게 두면 대체 뭐
가 끌려 나올까, 하는 생각."

무슨 일이 일어날지 모른다.

그런 불확정 요소를 자진해서 떠안으려는 어리석은 생각을,

고용주는 황홀한 미소를 지으며 낭랑하게 입에 담았다.

—"룰러는 안 오게끔 되어 있지만, 혹시 또 알아?"

—"하지만 촉매가 없어도. 본인의 성질에 가까운 영령이 나와 버릴지도 모르잖아."

—"그러니 **아무것도 없는 너여야 해.**"

—"세상에 대한 원망이고 뭐고 아무것도 없는, 무언가를 남길 생각도 없는…."

—"영웅다운 면이라고는 전혀 없는 '병사 A'인 너이기에 순수한 상태가 될 수 있는 거라고."

—"정말로 거짓된 성배가 순전히 자신의 의지로 선택을 하면… 대체 뭐가 나올까?"

—"뭐, 아무것도 안 나오면…. 응, 그냥 이 도시에서 도망쳐도 돼."

요컨대 오로지 고용주의 호기심을 채우기 위한 버림수라는 뜻이었다.

아무 짝에도 쓸모없는 영웅이 나타난다 한들 별 상관은 없으리라.

—그런 게 나온다면, 어떻게 해야 할까.

이야기 상대 정도는 되어 줄까.

하지만 일찍이 명성을 떨쳤던 영웅과 대체 무슨 이야기를 한다는 말인가.

시그마는 그런 차가운 생각을 하며 빛과 마력의 격류가 가라앉기를 기다렸다.

실제로 그는 이 성배전쟁에서 그 누구도 주목하지 않는, 평범한 장기짝에 불과했다.

이름조차도 아닌 'Σ — 시그마'라는 식별기호로 불리는 존재.

고용주인 프란체스카도 '뭔가 재미있는 불확정 요소가 생겨났으면' 정도의 인식만 갖고 있었고 '마음에 드는 장기짝이니 살아남으면 땡 잡는 것' 정도로만 생각하고 있었다.

시그마라는 청년은 이 거짓된 '성배전쟁'에서 마술사조차 아닌 '병사 A'에 불과했던 것이다.

소환 의식이 끝난, 이 순간까지는.

×   ×

스노필드. 대삼림.

"……."

최고 수준의 '기척감지' 스킬을 지닌 엘키두는 어떠한 '이변'을 감지해 냈다.

하지만 엘키두는 그 '이변'을 영령의 소환으로 인한 것이라고는 생각하지 않았다.

　살며시 눈을 가늘게 뜨고서, 미안하다는 듯 땅바닥으로 시선을 떨어뜨렸다.

　"조금… 화나게 해 버린 걸까."

　그 말을 들은 것은 영령의 곁에 배를 깔고 앉은 은랑뿐.

　의미를 이해할 수 있는 자는 아무도 존재하지 않는 가운데, 엘키두의 말은 숲속 나무들 사이로 빨려들었다.

　　　　　　　　　×　　　　×

　늪지에 자리한 저택. 지하.

　"……."

　빛이 사라진 뒤, 의식의 제단 앞에는 아무것도 없었다. 그대로 주변을 천천히 둘러보던 시그마는 방구석에 자리한 의자에 한 사람이 있다는 사실을 알아챘다.

　낡은 의자에 앉아 있는 것은 지팡이를 손에 든 초로의 남자였다.

　잿빛 수염에 얼굴에서 턱 밑까지 세로로 그어진 커다란 흉터.

　얼굴 생김새만 보면 노인이라 판단해도 될 듯했으나 그 다부진 어깨는 현역 해병 대원을 연상케 했다.

　그리고 무엇보다도 특징적인 것은 한쪽 다리의 무릎 아래에

장착된, 흰색의 매끈한 의족이었다.

"……"

시그마는 경계하며 말없이 그 노인을 관찰했다.

확실히 위압감은 있었지만 흔히 말하는 '영웅'과는 이미지가 좀 다른 듯했다.

복장은 상상했던 것보다 근대적이어서 적어도 신화나 중세의 이야기책에 나올 법한, 오래된 인물로는 보이지 않았다.

시그마가 뭐라 말을 걸지 못하고 있자 그 노인이 먼저 입을 열었다.

"네가, 성배전쟁의 마스터냐? …흥, 패기 없는 얼굴 하고는."

"…너는, 뭐냐?"

"나 말이냐? 나는 그냥 선장이라고 불러라. 하지만 그것도 곧 의미가 없어질 거다."

"……?"

상대의 애매한 말을 들은 시그마는 속으로 고개를 갸웃했다.

―의미가 없어진다는 게 무슨 뜻이지?

―…어쨌든, 우선은 정식으로 계약을 맺어야겠지.

상대의 정체를 확인하고 나서 캐묻기로 한 시그마는 일단 처음에 영령이 했던 질문에 대답하기로 했다.

"…나는, 분명 소환의 의식으로 너를 불러낸 마스터다."

그러자 노인은 입가에 흉악한 미소를 지은 채 고개를 가로저었다.

"크큭…. 애송이, 뭔가 착각하고 있는 것 같군."

"――?"

당황한 시그마에게 대답을 한 것은 노인이 아니었다.

"우리는 네게 소환된 게 아냐."

느닷없이 등 뒤에서 목소리가 들려오기에 시그마는 세차게 몸을 돌렸다.

동시에 홀스터에서 권총을 뽑아 등 뒤에 있던 인물을 겨누었다.

"누구냐."

물으며 상대를 확인해 보니, 그것은 이상한 모습을 한 소년이었다.

어깨부터 등에 걸쳐 기계장치로 된 날개 같은 것을 장착하고 있었다. 그것은 꺼림칙한 골조로 된 날개로, 곳곳에 밀랍과 하얀 깃털이 엉켜 붙어 있었다.

굳이 말하자면 그야말로 오래된 신화시대의 인물 같은 복장으로 몸을 감싸고 있어서, 시그마는 '어쩌면 이쪽이 영령이고, 방금 봤던 노인은 침입해 온 마술사가 아닐까.'하는 생각이 들어 노인이 있던 방향으로 시선을 옮겼으나―.

그곳에는 노인은커녕 아무도 없는 의자만이 덩그러니 남겨져 있었다.

소년은 당황한 시그마는 아랑곳 않고 쓴웃음을 지으며 말했다.

"나는… 네 감각으로 말하자면 평범한 탈옥수야."

"무슨 뜻이냐. ……?!"

목소리에 반응해 시그마가 돌아보니 그렇게 말한 자의 모습은 사라지고 없었다.

그 대신, 다른 방향에서 또 다른 남자의 목소리가 들려왔다.

"우리는 네가 불러낸 영령이 아냐. 다만 그 영령의 그림자로서 네 주변에 투영되고 있을 뿐이지."

문 앞에 있던 것은 10대 전반으로 보이는 하얀 옷차림의 소년이었다. 그가 든 지팡이에서는 온순하게 생긴 뱀이 엉켜 붙은 채 시그마를 쳐다보며 날름날름 혀를 내밀고 있었다.

"어린애…?"

"아아, 미안하군. 메두사의 피를 사용한 임상실험을 내 몸으로 한 영향이야…. 뭐, 신경 쓰지 않아도 돼. 나도 그림자라 금방 사라질 테니."

그 순간, 미소를 지은 소년의 모습이 안개처럼 흐려지더니 그대로 공기 중으로 흩어지고 말았다.

―뭐지…?

―무슨 일이 일어난 거야?

"운이 나빴네, 형씨. 당신은 이제 못 도망쳐. 형씨가 귀여운 여자애였다면 나도 분발해서 영령으로 현현했을 텐데 말이지."

다른 목소리가 들려왔다.

"우리는 영령도 뭣도 아니다. 보구 같은 건 쓰지도 못하고,

칼은커녕 젓가락 하나 못 드는 몸이지."

또 다른 목소리가 들려왔다.

"너는 불운했고 잘못된 사람과 인연을 맺은 것뿐이야. 그 때문에 너는 터무니없는 고난을 소환하고 말았어."

지하실 안에 다른 목소리가 몇 중으로 나타났다가는 사라지며 의미를 알 수 없는 말로 시그마의 마음을 농락했다.

"하지만, 우리는 네게 기대하고 있어. 네가 모든 것을 꿰뚫을 창병—랜서가 되어 주기를."

영주가 깃들어 마스터가 된 자는 영령의 상태를 볼 수 있다고 들었다.

그러나 영령으로 보이는 자들에게서는 아무런 정보도 읽어낼 수 없었다.

하지만 계약조차 하지 않았는데도 '무언가'와 마력의 통로가 연결된 감각은 똑똑히 느껴졌다.

―그런 것치고는 마력이 빨려나가는 느낌은 없어.

평범한 인간이었다면 절규해도 이상할 것이 없는 상황이었지만 본래부터 감정이 희박했던 시그마는 그저 옅은 당혹감만을 드러낸 채, 나타났다가는 사라지는 '자칭 그림자' 무리에게 물었다.

"내가 랜서가 된다는 게 무슨 뜻이지? 그 이전에 대체 당신들의 정체는 뭐고? 결국 무슨 클래스의 영령이 나타났는지조차 모르겠는데."

그러자 의자 위에 나타났던 '선장'이라는 남자가 다시금 나타나 엄숙한 표정으로 눈살을 잔뜩 찌푸리며 대답했다.
　"글쎄, 다소 어폐는 있을지 모르겠지만…."

　"이쪽을 늘 높은 곳에서 내려다보는 역할을 맡은… 【감시자 ―워처】…라고 해 두기로 할까."

Fate strange Fake

7장
『1일차. 오후①
반신들의 추주곡(追走曲)』

꿈속.

"햇님이 따끈따끈한 게 기분 좋다! 새까망 씨!"

츠바키의 꿈속에 위치한 스노필드.

쿠루오카 츠바키가 몇 마리나 되는 동물들이 오가는 정원의 잔디밭에 앉아 순진한 목소리로 그렇게 말했다.

하지만 '새까망 씨'라 불린 이형異形의 존재— 페일 라이더는 정원의 나무 그늘 아래로 들어가 몸을 웅크리고 있었다.

"어라? 새까망 씨, 햇님이 싫어?"

츠바키의 물음에 답하듯 라이더가 그 몸을 부르르 떨었다.

「조금.」

검은 덩어리의 몸짓이 어쩐지 그렇게 말하는 것처럼 느껴졌지만—기분 탓일지 모른다는 생각에 츠바키는 그대로 라이더에게 말했다.

"어떡해, 그럼 집 안으로 들어갈래?"

처음 만났을 때 이후 얼마간 '새까망 씨', 즉 라이더는 츠바키에게 아무 말도 하지 않았다. 하지만 수많은 동물들을 꿈속으로 끌어들인 이후에는 서서히 자신의 의지를 태도로 표현하게 되었다.

그야말로 동물처럼, 간단히 기분이 좋고 나쁨을 알 수 있을 정도에 불과했지만.

집 안으로 향하던 츠바키는 문득 조용한 주변 주택지를 보며 중얼거렸다.

"다들 이 도시가 싫어서 다른 데로 가 버린 걸까…."

츠바키가 표정을 흐리자 그녀와 비슷한 크기로 변화한 '새까망 씨'가 바싹 다가왔다.

'새까망 씨'가 고민이라도 있느냐는 듯이 머리를 쓰다듬자 츠바키가 미소를 지으며 고개를 가로저었다.

"고마워. 괜찮아, 새까망 씨."

그리고, 정원에서 뛰노는 무수한 동물들을 쳐다보며 말을 이었다.

"전과는 다르게, 지금은 동물들이 이렇게나 많은걸…."

"아빠랑 엄마도 그렇고, **더 이상은 아무도 도시에서 나가지 않겠지?**"

그 말을 들은 라이더는 그것이 그녀의 '바람'이리라고 판단했다.

현재의 라이더는 츠바키라는 마스터의 명령을 듣는 불완전하기 그지없는 원망기였다.

그녀가 바라는 상황을 자신이 지닌 힘으로 만들어 내기 위해 라이더는 은밀히 꿈틀대기 시작했다.

하지만 현 시점에서 라이더는 복잡한 추측을 하지 못하는 상태였다.

그리고―.

×　　　×

현실세계. 스노필드 교외.

몇 대의 차량이 황야를 가로지르는 기나긴 도로를 달리고 있었다.

그중 한 대에는 몇 명의 마술사들이 타고 있었다.

시계탑에서도 그다지 이름이 알려지지 않은 마술사들로, 이번 일에 관한 소문을 듣고 이름을 떨치고자 스노필드를 찾았던 일파 중 하나였다.

"방금 도시 경계선을 넘었습니다."

운전석의 젊은 마술사가 말하자 뒷좌석에 탔던 중년 마술사가 신음했다.

"빠히! 이이이, 도히드 더아햐애!"

무슨 소리인지는 알아들을 수 없었지만 매우 겁에 질려 있다는 것은 알 수 있었다.

그는 어새신으로 보이는 영령에게 교섭을 제의했다가 단검에 혀를 세로로 잘렸다고 한다.

치유계통의 마술은 서툰 모양인지 혀에 주부呪符를 둘둘 감

99

으며 제자에게 계속해서 고함을 질러 댔다.

"압니다, 스승님. 저희도 저 사막에 크레이터가 생기는 순간을 보고 마음이 꺾이는 바람에 도망치고 싶었으니까요."

"앞에 있는 차도 아마 마술사일 걸요. 사역마가 머리 위를 맴돌…."

그 순간, 운전사는 이변을 알아챘다.

도시의 경계선을 지났을 즈음부터 길 양옆에 몇 대나 되는 차량이 세워져 있었다.

그리고 꽤 앞서 달리던 차량들도 허둥지둥 갓길에 차를 대고 있었다.

운전사는 이런 황야 한복판에서 대체 왜 저럴까 싶었으나—.

앞 차량의 위에서 날고 있던 사역마가 낙하하는 모습을 본 순간, 갑자기 강렬한 구토감이 치밀어 올라 운전을 계속하기가 어려워지고 말았다.

"……?!"

허둥지둥 차를 갓길에 대고 변명을 하기 위해 백미러로 시선을 옮겼다.

"죄, 죄송합니다, 갑자기 몸이…. ……?! 스승님?!"

백미러 너머로 이상한 광경이 보였다.

자신의 스승인 중년 마술사가 새파랗게 질린 얼굴로 널브러져 있었던 것이다.

"큰일 났군, 빨리…."

자신도 구역질을 참으며 조수석에 탄 사형에게 그렇게 말하려던 찰나에, 운전사는 다시금 흠칫 놀랐다.

　조수석에 탄 사형도 새파랗게 질린 얼굴로 꿈틀꿈틀 몸을 떨고 있는 데다 손등이며 목에 퍼런 멍 자국 같은 것이 떠올라 있었던 것이다.

　"뭣…, 아…우아아아아아아!"

　운전사는 그제야 알아챘다.

　자신의 두 팔에도 같은 멍 자국이 떠올라 있으며, 그것이 자신의 몸을 침식하듯 꾸물대고 있다는 사실을.

　차 안에 절규가 울려 퍼지더니 ― 이윽고 침묵이 찾아왔다.

　그리고 몇 분 후, 차는 천천히 움직이기 시작했다.

　주변에 세워져 있던 다른 차량들도 마찬가지로 시동을 걸더니 서서히 차체를 움직이기 시작했다.

　그 자리에서 유턴을 해서 스노필드로 돌아가는 모양새로.

　도시로 향하는 차 안에서 퀭한 눈을 한 운전사가 입을 열었다.

　"스노필드로 돌아갈 일이 기대되네요!"

　"그래, 그곳은 정말 좋은 도시라고. 어서 가서 성배전쟁을 특등석에서 구경해야지!"

　조수석에 탄 사형도 같은 눈을 한 채 대답했다.

그들의 몸에 생겼던 멍 자국은 상당히 연해졌고 안색도 나아지고 있었지만, 마음만은 전혀 다른 무언가로 변질되고 말았다.

"그해, 바리 도히오 도아가다."

스승이 신이 난 목소리로 웅얼대는 가운데, 차는 황야를 내달렸다.

혼돈 속 투쟁이 이어지고 있는, 스노필드라는 도시로.

이날, 이 순간을 경계로 스노필드라는 도시는 장벽 없는 감옥이 되었다.

나갈 수는 없지만 들어오는 이는 거부하지 않는 감옥.

마치 도시 그 자체가 의지를 가지고 사람을 집어삼키고 있는 것만 같은 광경이었다.

×   ×

스노필드 북부. 대계곡.

—이게… 뭐지?

—저 영령들은, 대체 뭐지…?

티네 체르크는 길가메시가 보물고에서 꺼낸 비행보구 '비마나'의 뒤쪽에서 고개를 내밀어 그곳에 벌어진 광경을 그 눈에 똑똑히 새기고 있었다.

의문의 아처와 대치한 길가메시. 그 전투에 불쑥 끼어든 의문의 여자 서번트.

길가메시는 난입한 영령을 보고 불쾌한 표정을 지었지만, 상대가 반응을 보이기 전에 상황이 변화했다.

아처가 여자 영령의 일격을 맞고 쏟아져 내린 돌무더기에 파묻혀 있던 계곡에서, 화산이 분화되기라도 한 듯 돌덩이가 터져 나온 것이다.

거대한 바윗덩이가 한참을 올려다봐야 할 정도로 높은 곳까지 솟구쳐 올랐다.

그리고 그 바위 중 몇 개가 갑자기 박살 나더니, 그 파편들 속에서 엄청난 양의 마력을 두른 화살이 나타났다.

돌덩이와 함께 튀어 오른 의문의 아처가 솟아오른 바위 뒤편에서 무수히 많은 화살을 내쏜 것이다.

하나하나가 폭풍을 두른 화살의 비가 파쇄된 바위 조각을 진공의 소용돌이 속으로 빨아들이며 길가메시와 여자 영령을 향해 쏟아졌다.

다음 순간, 길가메시는 '왕의 재보―게이트 오브 바빌론'에서 무구를 꺼냈고 여자 영령은 손안에 나타난 활에 화살을 여러 대 먹여 한꺼번에 사출했다.

티네의 눈으로는 좇을 수도 없는 속도로 발사된 무구와 화살이 빗발처럼 쏟아지는 폭위暴威의 소용돌이를 차례로 떨쳐 내었다.

—길가메시 님은 당연하다지만⋯ 저 영령은 대체⋯?

말을 타고 이 자리에 나타난 것으로 미루어 라이더의 영령일까.

하지만 그 활 실력만으로 말하자면 아처라 보아도 이상할 것이 없는데—그렇다면 아처가 셋이나 이 도시에 현현했다는 뜻이 된다.

—아니면⋯ 궁병도 아니면서 저런 위력으로 활을 다룰 수 있는 걸까⋯?

말도 안 돼. 티네는 생각했다.

그것은 궁병이 검으로 다른 클래스와 맞붙어 싸우는 것과 다름없는 일이 아닌가.

영웅왕도 아처이면서 '에아'며 '원죄—마르두크'라는 검을 지녔지만, 그 무시무시한 위력은 차치하고 순수한 검술만 가지고 세이버와 정면으로 맞붙어 싸우는 짓은 하지 않을 것이다. 적어도 이 시점의 티네는 그렇게 생각했다.

하지만 그런 그녀의 상식을 뒤엎는 광경이 눈앞에서 벌어졌다.

"⋯⋯."

여자 영령이 오른손을 옆으로 뻗자 한 필의 준마駿馬가 현현했다.

그리고 그녀는 가볍게 그것에 걸터앉더니 계곡 위를 세차게 질주했다.

그녀가 팔에 두른 천에서는 여전히 짙은 신기神氣가 흘러나오고 있었다.

그 농밀한 마력을 고삐를 통해 말에게 보내, 말 그대로 인마일체人馬一體가 된 듯한 움직임으로 폭풍을 두른 화살의 비 사이를 내달렸다.

땅을 향해 낙하하기 시작한 거대한 돌덩이.

그 위로 가볍게 뛰어오르더니, 끝내는 낙하 중인 바위까지 박차고 오르기 시작했다.

돌덩이로 된 폭포를 거슬러 오르는 여자 영령과 말을 보며 티네는 확신했다.

—역시, 저건 라이더야!

그렇다면 본래 궁병의 자질을 지닌 영웅이 이번에는 라이더라는 형태로 현현한 것이리라.

활의 위력은 팔에 두른 천에서 흘러나오는 신기가 격상시키고 있다고 보는 것이 타당할 듯했다.

—저 '천'은 역시 보구…. 사용자의 능력을 강화시키는 부류의….

여자 영령은 순식간에 하늘 높이 올라가, 이윽고 낙하 중인 돌덩이의 정점에 도달했다.

그리고 눈 아래에서 의문의 아처를 발견하고는 말 위에서 힘껏 시위를 당겼다.

의문의 아처는 그 기척을 알아채고는 머리를 뒤덮은 천 너머에서 그쪽으로 시선을 날렸다.

"⋯⋯."

태양을 등진 여자 기병이 이쪽을 향해 농밀한 신기를 두른 활을 겨누고 있었다.

"⋯그렇군."

"아처어어어어—!"

강렬한 적의가 담긴 여자 영령의 외침을 온몸으로 받으며 궁병이 나직한 목소리로 중얼거렸다.

"⋯네놈인가, **배신의 여왕.**"

피하지도 않고 활을 겨눈 그는, 역시나 팔에 두른 쪽의 천으로 농밀한 신기를 방출시켰다.

그리고 기병의 활에서 발사된 다섯 대의 화살을, 자신이 발사한 같은 수의 화살로 요격했다.

한 치의 오차도 없이 화살들이 정면으로 충돌하자 거기에 담겨 있던 마력이 폭발해, 강풍이 되어 주변을 덮쳤다.

티네는 모래자갈이 섞인 바람을 자신의 마력으로 막으며 궁병의 다음 움직임에 주목했다.

하지만 먼저 움직인 것은 기병 쪽이었다.

궁병의 등 뒤에 조금 전보다 농밀한 신기가 축적되고 있었

다.

시위를 놓음과 동시에 말에서 뛰어내려, 애마를 미끼 삼아 상대 궁병의 등 뒤로 돌아든 것이다.

"…가소롭군."

궁병이 그렇게 말하며 돌아보려 했지만 채 그러기도 전에 음속의 화살이 궁병의 등, 정확히 심장 근처에 직격했다.

하지만 어찌된 일인지.

화살촉은 남자의 몸—머리에 뒤집어쓴 천에 맞고 박살 나, 살에 파고드는 일 없이 공중에서 사방으로 흩어졌다.

"……!"

'여왕'이라 불린 기병이 그 모습을 보고 탄성을 흘렸다.

"역시 그랬나…."

놀랐다기보다는 자신의 추측이 맞아들었다는 뉘앙스를 띤 탄성이었다.

"…오호라."

지상에서 그 모습을 본 길가메시가 일단 비마나 위로 돌아오며 중얼거렸다.

"뭔가, 알아내셨습니까?"

티네가 주저주저 묻자 영웅왕은 시시하다는 듯 대답했다.

"저 궁병 나부랭이가 무슨 수로 나의 보구를 막아 낸 것인지. 그리고 어찌하여 저 기병 나부랭이가 날린 주먹은 그대로 맞은 것인지는 알겠다."

"역시, 뭔가 이유가 있었던 겁니까…?"

"그리 대단한 이유는 아니다. 단지 녀석의 갑주가 특수했던 것뿐이다."

"갑주… 말씀이십니까?"

그렇게 물으며 티네가 지상에 착지한 궁병을 바라보았다.

그 궁병은 일반적으로 갑옷이라 부를 만한 것은 걸치고 있지 않았다. 상체를 뒤덮고 있는 것이라 해 봐야 머리에 뒤집어쓴 기묘한 문양의 천과 팔에 두른 다른 문양의 천뿐이었다.

"저건 아마도 마수나 신수 따위의 가죽 옷일 것이다. 저렇게까지 가공을 한 것은 용하다만, 아마도 본래는 우갈루*와 비슷한 무언가였을 테지."

길가메시는 바빌로니아의 마물 이름을 예로 들었으나 티네는 그것만으로는 납득이 가지 않아 거듭 물었다.

"그 가죽이… 그 무시무시한 왕의 연격을 막았다는 겁니까?"

"횟수 따위는 상관이 없다. 신수, 마수란 때로 그렇게 인류의 문명 그 자체를 거절하기 마련이니. 조금 전에는 일급품 무구뿐 아니라 평소에는 사출하지 않는 하위 보구까지 내쏘아 그야말로 온갖 것들을 퍼부었다만, 녀석이 실력만으로 그 모든 것을 막았다고는 생각지 않는다. 하지만 육체나 마력 따위로

※우갈루(Ugallu) : 메소포타미아 신화의 신인 티아마트가 낳은 열한 마리의 마물 중 하나. 거대한 사자.

막은 것이라면. 저 가죽 옷에 흠집 하나 나지 않은 것이 설명
되지 않아."

그렇게 말한 영웅왕은 가만히 눈을 가늘게 뜨고는 자신의 손
안에 있는 '마르두크'를 움켜쥐었다.

"인간의 문명 그 자체를 거절하는 특이점, 때때로 그러한 생
물이 나타난다. 적어도 저것에는 인간이 만들어 낸 모든 '도구'
가 통하지 않을 거다."

길가메시는 그렇게 말하더니 살며시 미소를 지었다.

"……? 왜 그러십니까?"

"무얼, 저 가죽 옷을 짐승에게서 벗겨 낸 것이 녀석 본인이
었으면 좋겠다고 기대한 것뿐이다."

쓴웃음을 지은 영웅왕을 본 티네는 그 말에 담긴 의미를 이
해했다.

이 강자의 정점에 있는 영령은, 눈앞에 선 자가 자신에게 필
적하는 강자이기를 바라는 것이리라. 평범한 영웅이 보구의 힘
을 빌어 자신의 보물을 뿌리쳤다면 무례하다며 단죄하지 않았
을까.

따라서 티네는 시선 끝에 있는 궁병이 무시무시한 적이라는
사실을 재인식했다.

저 영령은, 이 오만하고도 위대한 왕을 '기대'하게 할 정도의
존재인 것이다.

"굳이 갑주에 의지하지 않고도 활로 보구를 떨쳐 낸 기량은

실로 대단하군. 널리고 널린 어중이떠중이와는 다르니 칭찬해 마땅하고말고."

"하지만 저 둘이 팔에 두르고 있는 보구는 대체….'

"아마도 신이 인간에게 떠민 유산일 거다. 보거라, 물건은 같지만 저 둘의 사용방법은 전혀 다르지 않으냐."

"……?"

영웅왕의 말에 티네가 두 눈에 마력감지의 마술을 걸어 전투를 주시했다.

확실히 두 사람에게는 차이점이 있었다.

여자 기병은 온몸에 그 신기라 해야 할 고밀도 마력을 두르고 있었으나 궁병은 어디까지나 자신의 무구 등에 부여하고 있을 뿐, 그 몸 안에 힘을 받아들이려 하지는 않았다.

"대체 어째서…. 저만한 소질을 지닌 육체에 신기를 흘려 넣으면 상대를 압도할 수 있을지도 모르는데."

티네의 말을 들은 영웅왕은 흠, 하고 생각에 잠겼다.

그러고는 진귀한 장난감이라도 발견한 듯 유열로 가득한 표정을 지으며 말을 받았다.

"나는 단지 내가 아는 신들이 싫을 뿐이다만… 아무래도 저 녀석은 자신이 신앙했던 신들 그 자체를, 살의를 품을 정도로 증오하고 있는 듯하군."

"신을… 증오한다고요?"

"우스꽝스럽기 그지없구나. 아마도 저 강인한 육체를 빚은

것도 신들일 터인데. 자신의 존재 그 자체를 증오하며 저 영기
英氣를 유지하다니, 꽤나 싹수가 있는 광대가 아니냐.”

　그런 길가메시의 말이 들린 것은 아니었지만, 여자 기병이
화살을 연거푸 쏘며 궁병에게 외쳤다.
　“어째서! 어째서 나의 아버지의 힘을, 전투의 띠의 힘을 그
몸에 받아들이지 않는 거냐?! 나를 얕잡아 보고, 무시하려는
거냐?!”
　일격으로 대군을 깨뜨릴 만한 위력이 담긴 화살을 궁병은 손
에 든 활로 떨쳐 내며, 묵직한 목소리로 여자 기병의 물음에
답했다.
　“신의 힘은, 자신의 몸에 받아들이는 것이 아니다.”
　“…뭐라?”
　그 말을 들은 여자 기병은 그제야 상대의 몸속에 ‘무언가’가
흐르고 있음을 알아챘다.
　신의 힘과는 상반되는 이질적인, 눌어붙은 독 같은 힘이 궁
병의 몸에 가득하다는 사실을.
　궁병은 그 힘으로 ‘전투의 띠’가 방출하는 힘을 그야말로 사
역마라도 다루듯 아무렇게나 부리고 있었다.
　궁병은 신기와 ‘무언가’의 힘이 뒤섞인 활을 겨누며 천 안쪽
에서 분노와 비웃음이 섞인, 저주와도 같은 말을 입에 담았다.

"찍어 누르고, 짓밟아… 인간의 손으로 지배해야 할 대상에 불과하다."

×　　　×

같은 시각. 경찰서.

"보고 드립니다. 북쪽 계곡에서 영령으로 추측되는 반응을 여럿 확인했습니다. 그중 하나는 아처… 길가메시일 듯합니다."

비서의 보고를 받은 경찰서장은 땅이 꺼져라 한숨을 내쉰 뒤, 소파에 앉아 난데없이 케이크를 꺼내 먹고 있는 흑막 소녀를 쳐다보았다.

"…설명해 줘야겠다, 프란체스카."

"뭐를? 진짜 영령을 부른다는 건 처음에 설명했던 것 같은데?"

"내가 묻고 싶은 건, 누가 무엇을 소환했는가 하는 거다."

서장이 조용히 노려보자 프란체스카는 턱에 손가락을 갖다 댄 채 고개를 돌렸다.

"에? 성배전쟁에서 그런 거 물어보기야? 으~음. 나는 그 영령의 정체도 마스터의 정보도 알고 있으니 가르쳐 줘도 상관은 없지만, 팔데우스 군이랑 그 위에 있는 사람들은 너를 별로 안 믿는 눈치던데~ 어쩔까나아?"

"시치미 떼지 마라. 어제 오페라하우스 사건도 그랬지만, 참가 마술사들에게 은폐할 생각이 있는지조차도 의심스러울 지경이다. 백주 대낮에 카지노 호텔을 습격하는 건 도시에 있는 사람들을 휘말려 들게 하는 짓이다. 아직 사망자는 나오지 않았지만 깨진 유리로 인한 부상자가 나왔다는 보고도 들어왔단 말이다!"

서장이 아주 조금 언성을 높이자 프란체스카는 어슴푸레한 미소를 지으며 말했다.

"어라아? 이 도시를 성배전쟁의 무대로 삼기로 결정한 시점에서 민간인이 휘말려 드는 일은 각오한 줄 알았는데?"

"피해가 이렇게까지 눈에 띄는 모양새로 나타나지 않았다면 납득했겠지. 우리가 저 캐스터를 소환한 것은 피해를 최소화하며 확실하게 이기기 위해서다. 이렇다 할 이유도 없이 도시 주민들을 휘말려 들게 한 마스터가 있다면, 그건 가장 먼저 제거해 마땅하다고 생각한다만."

"진짜 고리타분하다~ 뭐, 나도 딱히 도시 사람들을 학살하고 싶은 건 아니니 힌트는 줘 볼까나."

프란체스카는 키득키득 웃으며 말을 자아냈다.

"신이 뭔지는 알지? 성당교회에 있는 애들이 숭배하는 거 말고, 다른 신화의 신들 말이야."

"……?"

"신대神代라 불리는, 이 세계에 아직 마력이 흘러넘쳤던 시대에는 말야. 여러 가지 '개념'과 '이물異物', 그리고 인간 사이에 교류가 있었어. 뭐, 피차 지혜는 있었지만 결국은 다른 생물이었지."

프란체스카는 먼눈을 하고서 과거를 그리워하는 듯한 투로 말했다.

"그러다 보니 결국 엇갈림이 발생해서 말야. 수많은 희극과 비극이 생겨났어. 뭐, 엇갈림이야 인간들 사이에서도 발생하지만… 아무래도 상대가 힘의 덩어리 같은 것이다 보니 엇갈림의 수준도 착각의 수준도 비교가 안 됐지! 웃음도 슬픔도 곱절로 팍팍 불린 듯한 느낌이라고나 할까?"

"…무슨 말이 하고 싶은 거냐."

"물론 증오도 그에 비례하는 양이 쌓였어."

그리고 프란체스카는 계곡이 있는 방향에서 희미하게 느껴지는 마력의 소용돌이에 의식을 집중시키며 황홀한 말투로 어제 저녁에 봤던 것을 떠올렸다.

"확실히 클래스는 아처지만, 본질이 싹 바뀌었거든. 이제 저건 절반 정도는 '복수자―어벤저'라 불러도 되지 않을까나아?"

"…어벤저, 라고?"

서장도 제3차 성배전쟁에서 아인츠베른이 그러한 특수 클래스의 영령을 소환했었다는 정보는 팔데우스에게서 들었다.

영령으로서는 그다지 강하지 않았던 탓에 일찌감치 패퇴했다는 모양이었다.

하지만 실제 참가자가 자신의 인형에 남겼던 정보를 읽어 낸 팔데우스는 진지한 표정으로 '확증은 없습니다만…. 만약 그 영령이 살아남았다면, 세계 그 자체가 멸망했을지도 모릅니다. 좌우간 꺼림칙한 영령이었습니다.'라고 말했었다.

만약 그런 영웅과 동질의 존재가 나타난 것이라면, 터무니없이 위험한 상황이 벌어진 것이 아닐까?

서장이 눈살을 찌푸리고 있자 프란체스카가 어깨를 으쓱하며 궁병―어벤저의 정보를 입에 담았다.

들뜬 목소리로, 신이 나서, 그 영령의 원한 그 자체가 사랑스럽다는 말투로.

"뭐, 그 영령이 원망하고 있는 건 인류가 아니라… 지금은 별 어딘가로 사라졌거나 잊혀 가고 있거나 숨어 있거나 한, 아주아주 오래된 '신'들이지만 말야!"

×   ×

대계곡.

같은 보구를 지닌 궁병과 기병의 전투가 원거리 사격과 근접 전투가 뒤섞인 모양새로 이어지고 있었다. 기병은 본래 몸에 깃들어 있던 짙은 신성을 띤 마력으로 창과 활을 만들어 내, 그것을 능숙하게 구분해 사용하며 애마와 함께 궁병을 쉴 새 없이 공격했다.

그 전투의 양상을 보며 티네는 생각했다.

혹시 저 말 자체도 보구 중 하나가 아닐까.

도무지 평범한 말로는 보이지 않는, 환상종 같은 움직임을 보이는 말 위에서 그녀는 계속해서 궁병을 몰아붙이려 했으나ᅳ.

무언가를 알아챈 말이 앞다리를 높게 치켜들어 움직임을 멈춤과 동시에, 궁병과 그녀 사이에 자리한 땅바닥에 무수히 많은 무구가 꽂혔다.

"…방해하지 말라고 했을 텐데!"

기병이 그것들을 내쏜 남자를 노려보자 그 남자ᅳ영웅왕이 하찮다는 투로 말했다.

"멍청한 것. 왕의 면전에서 하마下馬하지도 않는 무례한 여자의 말에 기울일 귀 따위는 없다."

그는 비마나의 앞쪽 끄트머리에 서서 여유롭게 아래를 내려다본 채, 등 뒤에 자리한 공간에서 빛을 내뿜으며 보물고에 잠든 수많은 보구의 끄트머리를 출현시켰다.

그러자 기병은 두 궁병으로부터 일단 거리를 벌리고는 비마나에 올라탄 남자를 의아하다는 눈으로 쳐다보았다.

"왕이라고? 네놈이 말이냐?"

"이거 원. 여왕이라더니, 결국은 내가 없는 동안 정원에서 세력권 싸움이나 하던 도적에 불과했나. 무례한 것도 모자라 몽매하기까지 하다니, 어이없기 그지없구나."

그 차가운 말에는 비아냥거림 같은 것이 아니라 명확한 모멸감이 담겨 있었다.

"진정한 왕인 나와 같은 곳에 존재할 가치도 없다. 어서 꺼져라."

영웅왕은 길바닥의 돌멩이를 걷어차는 듯한 감각으로 '왕의 재보─게이트 오브 바빌론'의 보구들을 사출했다.

"…큭!"

본능적으로 직격은 위험하다 느낀 것이리라.

기병은 말을 교묘히 놀려, 보구로 된 빗발 사이를 내달렸다.

그러던 중, 천을 뒤집어쓴 궁병이 그 말을 노리는 모양새로 날카로운 일격을 날렸다.

"──!"

간발의 차로 그것을 피하기는 했으나 말이 균형을 잃었고, 거기에 '왕의 재보─게이트 오브 바빌론'의 제2파가 밀려들었다.

순간, 여자 기병의 몸에서 유달리 강한 마력이 솟구쳤다.

자신의 안에 있던 짙은 신성을 띤 마력과 천에서 솟구쳐 나온 신기 그 자체라 해야 할 순수한 마력을 합쳐, 그것을 손에 든 창에 실었다.

여자 기병은 자신을 향해 밀려드는 무수히 많은 보구들을 우악스럽게 뿌리치며 영웅왕에게 창을 투척했다.

신기를 두른 창이 추가로 사출한 보구의 빗발을 꿰뚫고 길가메시의 심장을 향해 돌진했다.

하지만 영웅왕은 그 자리에서 한 걸음도 움직이지 않았다.

'왕의 재보―게이트 오브 바빌론'으로 여러 개의 방패형 보구를 전개하자 눈앞으로 육박해 오던 창은 그 방패를 몇 장 관통하고 나서 정지했다.

"아까 전부터 신경 쓰였다만…. 뭐냐, 그 터무니없이 많은 보구는?"

길가메시는 어이가 없다는 듯한 여자 기병의 말을 무시하고 담담하게 입을 열었다.

"하필이면 신 따위의 힘을 내게 들이밀다니, 무례함이 하늘을 찌르는 여자로군."

하지만 그 덕에 조금은 관심이 생겼는지 여자 기병을 관찰하며 씩 웃었다.

"아주 멀쩡하지는 못한 듯하지만, 고위 보구를 몸으로 받아냈나."

미처 떨쳐 내지 못한 보구 몇 개가 몸에 스친 것이리라. 여자 기병은 어깻죽지며 옆구리에 상처를 입어, 적지 않은 양의 피를 흘리고 있었다.

그럼에도 전사로서 말 위에 올라탄 그 여자를 보고 영웅왕은 흠, 하고 고개를 끄덕이며 생각했다.

"아무래도 내가 모르는 신의 피를 짙게 이어받은 모양이로 군. 흥이 깨진 줄만 알았다만, 네놈들 둘이 상대라면 나의 벗 과의 약정을 지키기 위한 몸풀이 정도는 되겠구나."

영웅왕은 여전히 여유를 부렸지만, 그 표정은 부주의나 방심 과는 거리가 멀어 보였다.

"네놈들은 시금석이다. 나의 허락 없이 쓰러지는 일은 용납 지 않겠다."

영웅왕에게 있어 제대로 된 몸풀이란, 벗과의 싸움에 대비해 평소 사용하지 않는 온갖 수단을 시험해 보겠다는 뜻이기에.

"…이 이상 나를 방해하겠다면, 네놈부터 제거해 주마. 금빛 왕이여."

그러자 영웅왕이 그 말을 무시하듯 코웃음을 쳤다.

"방해라. 구제救濟라 해야 하지 않겠느냐, 여왕을 칭하는 계 집?"

"뭐라…?"

기병은 의아한 눈치였지만 길가메시는 무너져 내린 돌무더 기 앞에 떡 버티고 선 궁병을 흘끔 쳐다보며 대답했다.

"농락당하고 있다는 사실조차 알아채지 못한 네놈이, 어찌 저 남자를 사냥감 삼아 잡겠다는 말이냐?"

"…농락, 이라고?"

"네놈과 그 녀석은 영령으로서의 격이 다르다. 그것을 모를 정도로 질 낮은 그릇은 아닐 터."

비마나에 숨어 영령들을 관찰했던 티네도 영웅왕의 말에 수긍이 갔다.

성배전쟁의 마스터에게는 상대의 상태나 근력, 민첩성 등으로 구분된 대략적인 능력을 알 수 있는 간이적인 투시능력이 주어진다.

어떤 식으로 보이느냐는 마스터의 감성에 따라 달랐지만, 티네의 눈에는 하나의 산에서 비롯된 여섯 줄기 강과 그 흐름의 속도 차이라는 형태로 보였다.

그것을 통해 보았을 때, 영웅왕과 천을 뒤집어쓴 궁병은 모든 강의 흐름이 빨랐다. 여자 기병은 두 사람에 비해 완만하게 흐르는 강이 몇 있었다.

특히 기운機運을 관장하는 강의 흐름이 느린 것이 특징적이었는데, 단순히 기본능력만으로 따지자면 여자 기병은 다소 불리할 듯 보였다.

보구에서 방출된 신기를 몸에 받아들임으로써 본래의 힘을 여러 단계 격상시키고 있는 듯했으나 상대가 같은 보구를 가지고 있는 상태에서는 우위를 점하기 어려우리라.

어쩌면 신의 힘을 몸에 받아들이는 것과 도구로 사용하는 것에는 큰 차이가 있을지도 모르지만, 그와 같은 방법의 차이가 어떠한 영향을 미칠지까지는 추측할 수가 없었다.

티네가 그렇게 생각한 참에 여자 기병이 굳어진 표정으로 궁병을 날카롭게 노려보았다.

"격이 다르다는 건 알아…."

순간적으로 나이 대에 걸맞은 소녀다운 말투로 말하더니, 순수한 적의를 노골적으로 드러내며 당당히 선언했다.

"좌우간 나는, **이 남자에게 살해당했으니까!**"

"에?"

기병의 언동에 담긴 의미를 이해할 수가 없어, 티네는 순간적으로 경직되었다.

말 자체의 뜻은 안다.

하지만 자신의 진명에 관한 힌트를 타인에게 거저 주는 듯한 말을 외치는 의미를 알 수가 없었다.

확실히 궁병과는 아는 사이인 데다, 영웅왕이 상대여서는 진명을 숨겨 봐야 그다지 의미가 없으리라.

하지만 어디서 사역마 같은 것이 감시하고 있을지 모르는 이 상황에서, 자신의 진명에 대한 단서를 내비치는 것이 과연 현명한 짓일까.

어쩌면 이 여자 기병은 **생각했던 것보다 훨씬 직선적인 성격일지도 모른다.**

그리고 그 의문을 계기로 티네는 다시금 상대 영령들의 진명에 관해 생각하기 시작했다.

―활과 창을 다루며 마술馬術에 능한, 여왕이라 불리는 여자.

―그를 죽였다는 영웅.

―천으로 된, 공통된 보구.

―인간의 문명을 부정하는 짐승의 가죽.

성배전쟁에 대비해 여러 가지 신화며 영웅담을 배워 온 티네의 머릿속에서 이런저런 퍼즐조각들이 모여들어, 어느 영웅들의 모습을 맞춰 나갔다.

하지만 선뜻 그것을 답이라 생각할 수가 없었다.

여자 기병 쪽은 둘째 치고, 궁병 쪽은 티네가 상상한 영웅과 이미지가 달라도 너무 달랐기 때문이다.

그리고 그를 증명하듯 여자 기병이 외쳤다.

"하지만 지금은 내 최후 따위는 아무래도 좋다!"

여자 기병은 궁병에 이어 티네 쪽으로 시선을 돌렸다.

――?!

갑자기 시선을 날리는 통에 티네는 몸이 굳어 버렸다.

하지만 여자 기병은 티네에게 아무런 공격도 가해 오지 않고 그대로 다시 궁병에게로 시선을 돌리며 외쳤다.

"대답해라! 네놈… 조금 전, **어째서 저 어린아이를 노린 거냐!**"

그에 반해 궁병은 담담하게 답했다.

"서번트와 함께 태평하게 얼굴을 내민 마스터를 노리는 건 당연한 일. 어린아이라 한들 상대를 죽일 각오를 하고 전쟁에 참가한 마술사다. 봐줄 이유가 없다. 그런 것을 다른 그 누구도 아닌 **전쟁 그 자체를 기원으로 하는** 네놈이 묻는 것이냐, 여왕이여."

"시끄러닥쳐그입다물고꺼져라! 대답하라고는 했지만 남의 말을 빌린 듯 평범한 정론이 듣고 싶었던 게 아니야!"

여자 기병은 부조리하기 그지없는 소리를 하며, 다시금 창을 구현화하여 창부리를 궁병에게 돌리며 물었다.

"전장의 상식일랑 모두 그 힘과 지혜로 자기가 바라는 형태가 되도록 찍어 눌러 온 것은 바로 네놈이 아니냐! 그렇기에… 네놈은, 네놈만은, 결코 그러한 짓은 하지 않을 남자라 생각했건만!"

이미 의식은 완전히 궁병에게 집중된 상태라 티네의 눈에는 절호의 기회로 보였으나—.

"왕이시여…."

"뭐, 좋다. 광대가 서로 헐뜯는 광경을 바라보는 것 또한 재미있는 일이니."

영웅왕은 그렇게 말했으나 몸에 두른 마력이 방심으로 흐트러지는 일은 없었다.

그런 가운데 상대의 본질을 보다 깊이 알고 싶다는 호기심 같은 것이 느껴졌다.

이렇게까지 이 오만한 왕의 관심을 끈 것을 보면, 적어도 저 궁병 쪽은 어지간히 커다란 자질을 갖춘 것이리라.

하지만 티네가 신경 쓰이는 것은 저 기병 쪽이었다.

—저 기병은, 궁병이 나를 노린 일에 화가 난 걸까…?

—자신이 살해당했던 일보다도?

—…어째서?

티네는 자신의 목숨을 부족을 위해 바치고 있는 몸이다. 영웅왕을 소환하여 마술사들을 제거하리라 결심한 순간부터 반격을 당해 살해당할 각오도 되어 있었다.

그런 티네의 관점에서 봤을 때, 궁병의 말은 말 그대로 정론이었다.

—나는… 적으로도 보이지 않는 걸까….

당황한 소녀는 아랑곳 않고 여자 기병은 말 위에서 계속해서 외쳤다.

"너는 분명 전투에서는 인정사정 봐주지 않았고, 적국의 시정에서 약탈도 했다 들었다. 목적을 위해서라면 비겁한 속임수도 썼을 테지. 하지만 그것이 대망大望을 위한 것이라면 영웅의 이름에 흠집을 내지는 않을 터."

겉모습보다 훨씬 어른스러운 말투로, 말에 탄 소녀는 이어서 고함을 쳤다.

"…허나 설령 그 어떤 사정이 있건, 상대가 세상에 재앙을 가져올 저주받은 아이가 되었건! 희희낙락 어린아이에게 활을 겨누는 짓은 하지 않았을 거다! 아니, 다른 그 누구보다도 네놈 자신이 그것을 용납지 않았을 터!"

"……."

"우리의 고향, 테르메 평야 저편까지 경외심과 존경심으로 가득한 노랫소리를 울려 퍼지게 했던, 신의 영광이 내린 이름은 어디에 내버린 것이냐! ■ ■….'"

여자 기병은 기세와 분노에 몸을 맡겨, 타인이 들으면 자신의 진명을 확정 짓게 될 것이 분명함에도 불구하고 상대의 이름을 외치려 했으나—.

"닥쳐라."

궁병이 내뱉은 한마디에 일대의 분위기가 얼어붙었다.

동시에 남자의 몸을 물들인 색과 같은 검붉은 그림자가 솟구치더니 살아 있는 것처럼 꿈틀대기 시작했다.

그것은 증오이자, 공포이자,

모멸감이자, 회한이자,

질투이자, 연민이자,

분노이자, 체념이자,

혐오감이자, 분통함이자,

절망감이었고, 그렇기에 공허하였다.

그 그림자 밑바닥에서 들려온 것은, 온갖 감정이 극한까지 담겨 있어 들은 자 모두를 저주하는 듯한 목소리였다.

당당하기만 했던 여자 기병도 순간적으로 흥분을 가라앉힐 수밖에 없었고, 티네에 이르러서는 자신의 심장이 멎은 것이 아닐까 하는 착각이 들 정도였다.

태연한 것은 영웅왕 혼자뿐으로, 희극을 관람하는 비평가처럼 입가에 옅은 미소까지 짓고 있었다.

궁병은 그렇듯 각각 다른 세 사람의 반응을 무시하고 말을 이었다.

"그 이름의 영웅은 이미 존재하지 않는다. 아니, '녀석'은 이미 영웅조차 아니다. 쾌락에 절은 폭군들과 영합하여, 그 대가로 불꽃과 벼락 속에서 지상의 옷—인간의 영혼을 불살라 버린 머저리다. 녀석은 최후에 맹세를 어기고, 고난이 아닌 쾌락을 택했다는 말이다!"

"너는… **누구냐**? 무엇이 목적이냐…?"

여왕이 뺨에 식은땀을 흘리며 물었다.

자신이 아는 대영웅과는 전혀 다른 사람이라 확신하며.

"나는 평범한 인간이다. 네놈의 아버지인 군신—아레스를 비롯해… 올림포스의 신들을 부정하고 유린하고 모독하기만을 위해 사는 복수자에 불과하다."

"그래, 그렇다. 나의 골육, 나의 영혼이야말로 **신으로 전락한 머저리**의 그림자다!"

×　　　×

경찰서.

새벽, 버즈디롯의 허가를 얻어 수정구슬 너머로 그 '영령'을 봤던 일을 떠올리며 프란체스카는 흥분으로 몸을 배배 꼬았다.

"아아, 아아! 생각만 해도 내장이 끓어오를 것 같아! 오로지 신을 부정하기 위해, 신을 모독하기 위해 산다는 저 마음가짐! 완전 마음에 들어! 제일 친했던 친구가 생각나는걸! 만나게 해주면 친하게 지내지 않을까? 원망의 대상은 전혀 다른 신이었지만."

서장은 자기 혼자만의 세계에 빠져 영문 모를 소리를 하는 프란체스카를 무시하고 방을 뒤로하려 했다.

"어라라? 어디 가?"

"물론 사태에 대처하러 간다."

"제정신이야? 어제는 어새신 여자애랑 그럭저럭 괜찮은 승부를 펼쳤던 모양이지만, 계곡에 있는 애들을 어떻게 하는 건 무리일 것 같은데? 섣불리 방해 같은 걸 했다간 곧장 황금 반짝이 임금님한테 살해당할 텐데."

프란체스카는 다리를 모으고서 진지한 표정으로 물었다.

그녀의 말이 옳다는 것은 서장도 충분히 잘 알았다.

하지만 마술 은폐를 최우선해야 하는 마술사라는 입장으로서도, 도시의 안전을 확보해야 하는 경찰서장이라는 입장으로서도 잠자코 지켜볼 수는 없는 일이었다.

"방치할 수는 없다. 이대로 뒀다가 유탄이라도 날아들면 건물들이 송두리째 무너져 내릴지도 모른다. 부질없는 짓이라고는 생각한다만 팔데우스에게도 협력을 타진해 보겠다. 전투에 직접 관여하지는 못하더라도 은폐할 준비는 빨리 해 두는 편이 좋으니."

"아~ 아~ 그렇게 혼자 애쓸 필요 없다구? 벌써 조치를 취해 두기는 했거든."

"뭐라고…?"

서장이 의아해 하자 프란체스카가 요사스러운 미소를 지은 채 말을 자아내었다.

서장에게는 더욱 큰 두통의 씨앗이 될 한마디를.

"지금 있지, **내가 소환한 서번트가 말리러 갔어!**"

"그렇군…."

짙은 원망과 각오로 가득한 궁병의 목소리를 들은 여자 기병은 몸속에서 솟아오르던 격정을 일단 죽였다.

"네놈은 이미, **그 녀석**이 아닌 것이로군."

그녀는 가만히 눈을 가늘게 뜨더니, 작은 소리로 호흡을 가다듬고서 애마의 목을 살며시 쓰다듬었다.

찰나, 온몸에 두른 신기가 그녀의 마력과 뒤엉켜 급격하게 순도가 높아졌다.

"⋯⋯?! 이건⋯."

대지의 영맥靈脈을 통해 마력을 느끼는 티네가 무심결에 숨을 죽였다.

성배전쟁의 시스템―적어도 티네가 사전에 조사했던 후유키의 시스템과 동일한 것이라면 신령을 소환하는 것은 불가능할 터였다.

하지만 소환한 후, 그 영령이 신의 힘을 어디까지 행사할 수 있는지까지는―티네도 알지 못했다.

기병이 티네가 짐작한 존재가 맞다면, 그녀는 '신'을 아버지로 둔 반신일 터였다.

만약 완전한 신령에는 미치지 못하는 힘을, 저 천 형태의 보구가 보충해 준다면 과연 어떤 일이 일어날까?

티네는 얼굴이 파랗게 질리기는 했으나 겁을 먹거나 당황하지는 않았다.

티네가 신보다 큰 경외심을 바쳐야 할 '왕'이 그녀의 곁에 서 있었으니.

"그렇다면, 나도 네놈을 제대로 된 길로 돌려놓겠다는 소리는 안 하마. 금빛 왕과 함께, '적'으로서 제거할 뿐이다."

그 말을 들은 순간, 영웅왕의 표정이 흉악한 미소로 덧칠되었다.

"건방지구나, 계집!"

오만함을 그림으로 그린 듯한 미소였으나, 조금 전까지 보였던 모멸감과 경멸감은 그 속에서 사라진 지 오래였다.

영웅왕은 그 누구보다도 빨리 알아챘다.

감정에 몸을 맡긴 채 날뛰기만 했던 기병의 기척이, 순간적으로 몸에 두른 신기에 걸맞은 전사의 그것으로 전환되었다는 사실을.

그리고 현시점으로 방심을 걷어 낸 영웅왕의 두 눈은, 상대의 본질 중 일부를 꿰뚫어 보고 있었다.

앞으로 그녀가 '무엇'으로 변질하려 하고 있는 것인지도.

하지만 왕은 왕이기에 자신의 오만함을 관철했다.

"왕인 나를 복수자 따위와 동일시하려 들다니! 그 만용, 네놈들의 촌극과 함께 일소에 붙여 주마!"

분명 이번 성배전쟁에서 영웅왕은 부주의함이나 방심과는 거리가 멀었다. 하지만 그가 왕인 이상, 그 오만한 기질은 그의 본질로서 계속해서 유지될 것이다.

한편, 궁병은 마수의 가죽 아래서 입가를 흉악하게 일그러뜨렸다.

"좋은 징조군. 썩어 빠진 폭군 놈들은 안 믿지만, 별이 자아내는 인과라는 것은 존재할지도 모르겠어."

그렇게 말한 순간 활에 매긴 화살에 흉흉한 마력이 들러붙었다.

초짜 마술사, 혹은 단순한 일반인이라도 그 화살이 내뿜는 분위기를 접하면 대번에 알 수 있으리라.

"전쟁 초반부터, 반신 놈들을 둘이나 꿸 수 있게 됐으니."

변한 것은 화살의 질뿐이 아니라는 사실을.

자세 그 자체가 지금까지 보였던 떡 버티고 선 자세에 가까운 것이 아니라, 보다 자연스러운 모양새가 되어 있었다. 화살을 먹인 활도 아래로 축 늘어뜨린 것이 얼핏 보면 '자세를 풀었다'고 표현해도 이상할 것이 없는 상태였다.

하지만 그런 상태임에도 불구하고 온몸이 내뿜는 으스스한 압력은 커져만 가서, 평범한 투사였다면 보자마자 절망에 가까운 공포감에 사로잡혔으리라.

그러나 그와 맞서고 있는 것은 신기를 두른 여왕과 황금의 광채를 두른 원초의 영웅왕이었다.

두려운 기색이라고는 털끝만큼도 보이지 않는 두 명의 왕 앞에서, 궁병이 온몸으로 검은 진흙 같은 마력을 뿜어내—.

「자, 이제 그만~」

각 영령이 움직이려던 찰나—.

천진한 소년의 목소리가 **눈이 쏟아지는 광활한 대삼림**에 울려 퍼졌다.

"…에?"

소년의 목소리가 들려오고서 한 박자 후, 티네가 흘린 맹한 목소리가 들려왔다.

"……?!"

"!"

"…….."

여왕은 놀라 눈을 휘둥그렇게 떴고, 궁병은 지그시 눈을 가늘게 떴으며, 영웅왕은 수상쩍은 것을 보는 눈으로 주변 광경을 둘러보았다.

그들이 서 있던 곳은 식물을 찾아보기 힘든 대협곡이었을 터였다.

하지만 소년의 목소리가 들려온 순간, 숲이 그들의 시야를 가득 메워 버린 것이다.

그들은 침엽수에 눈이 두껍게 쌓여, 잎이나 나무 껍질색이 아닌 압도적인 하얀색으로 뒤덮인 숲속에 서 있었다.

노출된 티네의 가녀린 팔에 눈송이가 내려앉자 싸늘한 감촉이 피부를 통해 전해져 왔다.

―강제 전이?!

티네는 허둥지둥 마술을 구사하여 방한을 위한 공기층을 몸에 두르며 자신들의 몸에 무슨 일이 일어났는지를 추측하기 시작했다.

―설마, 그런 마법에 가까운 고도의 마술을…?!

현재, 스노필드 주변에 이러한 경치를 볼 수 있는 장소는 없었다.

서쪽에 대삼림이 존재하기는 했으나 나무 종류가 달랐고, 애초에 지명이 스노필드이기는 하지만 눈이 내리는 일 자체가 적은 땅이었다.

어쩌면 모종의 서번트가 만들어 낸 세계―'고유결계'라 불리는 특수한 공간으로 끌려 들어온 것일지도 모른다. 영령들 중에는 그러한 기술을 사용하는 자도 있다고 들었다.

하지만 그녀의 서번트인 영웅왕은 딱히 초조해 하지도 않고 티네에게 말했다.

"당황하지 마라. 한낱 환술에 불과하니."

"환술…?"

마술에서 환술은 여러 방면에 이용되는 범용마술의 일종이었다. 특정한 공간을 감추거나 특정한 곳에서 방향감각을 잃게 하기 위한 것, 혹은 암시를 강화하거나 수행을 위해 자신에게 거는 타입의 것까지 다양했다.

하지만 어지간한 환술은 일정 수준 이상의 마술회로나 마술 각인을 지닌 마술사를 상대로는 무효화되는 경우가 많은 탓에 '편리한 범용마술'로 인식되어 깊이 연구하려 드는 자는 그다지 많지 않았다.

실제로 티네도 과거에는 환술에 걸린 경험이 있었지만, 토지의 영맥에 접속해 그 영맥을 통해 감각을 강화시킨 지금의 그녀에게는 통하지 않았다.

그러나 지금은 토지의 영맥을 통해 감각을 강화시켜도 냉기가 느껴졌다.

─…마력이 연결된 것을 보아도 여긴 분명 선조들의 땅인 계곡이야….

─그럼, 역시 이건 환술인 걸까…?

─만약 그렇다면 인간의 감각뿐 아니라… **토지 그 자체를 속일 정도**라는 뜻이 되는데…?!

인간 마술사 중 그 수준까지 도달할 수 있는 자는 몇 사람이나 될까. 고위의 마안魔眼 같은 특수한 촉매가 있다면 이야기가 달라질 테지만, 그것은 말 그대로 인간 마술사의 영역을 넘어선 수준의 환술이었다.

─…새로운 서번트!

보구에 의한 것인지, 아니면 마술에 의한 것인지는 알 수 없었다.

하지만 적어도 조금 전에 들었던 소년의 목소리, 그 주인공이 새로운 서번트일 가능성은 클 것이다.

「못써, 다들. 머리를 좀 식히라고. 첫날부터 비장의 수를 꺼내면 어쩌자는 거야? 듣자 하니 제대로 시작하기도 전에 사막에서 느닷없이 비장의 수로 치고받은 사람들도 있는 모양이지만 말야! 하핫!」

소년의 목소리가 눈 내리는 숲 전체에 울려 퍼졌지만 어디서 말을 하고 있는지는 알 수 없었다.

마치 쏟아지는 눈송이 하나하나가 스피커 역할을 하여 공간 전체에 목소리를 퍼뜨리고 있는 것만 같았다.

길가메시는 그 목소리를 태연히 흘려들으며 다소 불쾌한 투로 입을 열었다.

"이런 상황에 나의 흥을 깨려 드는 불경한 도적이 있었을 줄이야. 무엇이 목적인지는 모르겠다만, 이 정도 환술로 나의 눈을 속일 수 있을 거라 생각했느냐?"

「에고, 에고, 역시 영웅왕 길가메시! 명군과 폭군 사이를 자유롭게 오갔던 인류 그 자체의 관리자께서는 뭔가 달라도 다르네! 아무래도 위대하고도 오만하고도 현명하며 현학적인 당신의 형안炯眼은 속일 수 없을 것 같은데! 이거 어쩐다~」

소년으로 추정되는 목소리는 수식이 과하다기보다는 명백히 상대를 조롱하는 듯한 말을 환술의 숲에 퍼뜨렸다.

그리고 다음 순간—.

길가메시와 티네의 뒤에서 소년의 것과는 다른 중성적인 목소리가 울려 퍼졌다.

"그럼, 귀는 어떨까, 길?"

티네가 고개를 돌려 보니 그곳에는 한 명의 영령이 있었다.

아직 앳된 구석이 남은, 남자인지 여자인지 구분이 가지 않는 얼굴과 체형을 지닌 영령이었다.

완성된 짐승을 상기시키는, 매끄럽게 단련된 몸. 남자든 여자든 상관없다는 생각이 들 정도로 단정하고 아름다운 얼굴.

—이… 서번트는….

느닷없이 등 뒤에 나타난 존재가 무엇인지는 그 즉시 알 수 있었다.

사역마가 보내온 영상으로 멀리서 확인했을 뿐이었지만, 그것은 분명 길가메시가 현현한 직후에 대결을 펼쳐, 사막에 크레이터를 만들어 놓은 영령이었다.

하지만 그렇다 한들 타이밍과 말로 미루어 그것이 환술에 의한 가짜이리라는 사실은 티네도 즉시 알 수 있었다.

그렇다면 영웅왕은 어떻게 반응할까.

티네가 시선을 움직이려 한 그 순간—.

영웅왕이 쥐고 있던 마르두크의 날이 번뜩이더니 환술이 만들어 낸 영령을 흩어 버렸다.

"누구 허락을 맡고 나의 벗의 모습과 목소리를 흉내 낸 것이냐?"

뜨거운 일렁임이 마력의 통로를 통해 티네의 마력회로로 밀려들었다.

아마도 영웅왕은 감정에 몸을 맡겨 격앙하지는 않았지만, 조용히 끓어오르는 분노를 몸속에서 억누르고 있는 것이리라.

"심지어 그것을 사용해 나를 속이려 들다니, 만 번 죽어도 모자라다. 인류가 오로지 타인을 괴롭히기 위해 만들어 낸 온갖 재물─기술, 그 모든 것을 사용해 네놈의 경솔함을 후회케 해 주마."

그러자 눈 내리는 숲에 다시 소년의 목소리가 울려 퍼졌다.

「화내지 마, 임금님. 그냥 광대가 장난 좀 친 것 갖고 왜 그래?」

소년의 목소리는 자신을 광대라 말하며 왕에게 형식뿐인 용서를 구했다.

하지만 그 말을 들은 길가메시는 전에 없이 격한 분노를 표정에 드러내며 공간 그 자체를 질타하듯 숲을 향해 고함을 내질렀다.

"멍청한 것! 광대란 그 존재만으로 사람을 유열에 젖게 만드는 자다!"

그는 광대라는 존재에 일가견이라도 있는 것인지, 평소보다 훨씬 오만한 태도로 명확한 분노를 말에 실었다.

"스스로 광대를 칭하고, 자신이 광대라는 것을 불경의 면죄부로 삼으려 들다니! 네놈은 이미 삼류조차도 아닌, 광대를 자칭해서는 안 될 존재다! 자신의 기행에 취할 줄만 아는 어리석은 자에 불과해!"

전에 없이 격한 분노를 표출하는 길가메시를 보며 티네는 식은땀을 흘렸다.

화를 내는 부분이 일반인과 다소 다른 탓에 앞으로 자신이 신하로서 무엇을 조심해야 좋을지 알 수가 없어서, 일단 그녀는 '왕의 앞에서 광대 이야기는 금물'이라고 마음속에 새겨 두기로 했다.

뭐, 그런 이야기를 이쪽이 먼저 꺼낼 기회가 있을 것 같지는 않았지만.

그러던 중, 다소 떨어진 장소에서도 파쇄음이 울려 퍼지더니 환술로 만들어졌을 터인 나무들이 현실 같은 소리를 내며 쓰러졌다.

환각은 여왕 쪽에도 보이는 모양인지 그녀는 분노한 얼굴로 하늘을 올려다보며 외쳤다.

"장난하지 마라! 어디 있나…. 모습을 드러내라! 요술사 놈!"

일단 냉정을 되찾았을 터인 그녀가 다시 격정에 사로잡혀 있었다.

무엇을 본 것일까, 티네가 궁금해 하던 차에 문득 여왕의 표정에 당혹감이 섞였다.

"뭐라…?"

갑자기 동작을 멈추더니 기병이 허공에 대고 외쳤다.

"물러나라는 건가, 마스터! 하지만…."

"——!"

그녀의 목소리를 들은 티네는 그 즉시 이해했다.

아마도 염화念話를 통해 기병의 마스터가 철수 지시를 내린 것이리라.

한편, 궁병은 혼자만 아무런 환각도 보지 않은 것인지 태연한 표정으로 눈 속에 서 있었다.

여자 기병은 그런 궁병을 쳐다보더니 연민이 묻어나는 슬픈 시선을 던지고 나서 고개를 숙였다.

"…알겠다, 마스터의 지시에 따르겠다."

그녀는 말에 걸터앉은 채 창을 없애고는 영웅왕과 궁병에게 선언했다.

"또 보자, 금색의 왕. 그리고 자신을 속이는 복수자여. 다음에는 전쟁의 법도에 따라 한 사람의 전사로서 맞서리라 맹세하마."

"불경하게도 성배—나의 보물을 노리는 도적을 놓아줄 것이라 생각하는 거냐?"

"너는 왕이라 했지? 도망자를 쫓는 궁상맞은 짓은 왕에게 안

어울린다. 나를 쫓고 싶다면 옥좌에서 내려와 한 사람의 전사로서 뛰어라."

이 말을 들은 티네는 영웅왕이 격노할 것이라 생각했다.

하지만 길가메시는 대담한 미소를 짓더니 아무것도 하지 않고 그 등에 대고 말했다.

"운이 좋았구나. 이 몸에게 옥좌에서 내려오라 한 것은 죽어 마땅한 헛소리다만… 이미 **그 녀석**과 대결했을 때, 왕이라는 입장을 잊을 뻔했다. 딱히 자숙하기 위함은 아니다만, 벗과의 재회를 축하하는 의미에서 은사恩赦를 베풀도록 하마. 감사히 받아들이거라."

완곡한 말투로 말한 뒤, 길가메시는 또 한 명의 궁병을 쳐다보며 입을 열었다.

"뭐, 녀석이 네놈을 놓아줄지까지는 모르겠다만."

그 말에 반응한 것은 눈 속에 울려 퍼진 소년의 목소리였다.

「어라라, 여왕님은 돌아가나 보네. 뭐, 이쪽도 살짝 성가신 일이 생겨서 일단 물러나도록 할게, 진짜 아처 군. 아니, 어벤저라고 부르는 게 좋으려나?」

그러자 길가메시는 숲 그 자체를 지그시 노려보며 퉁명한 목소리로 말했다.

"네놈에 대한 판결은 변함이 없다, 잡종에도 못 미치는 하등한 마물."

소년의 목소리를 '마물'이라 단정 지은 후, 영웅왕은 궁병에게 왕으로서 말했다.

"잡종이여. 이제 진명을 숨길 이유는 없을 터다. 아니, 네놈의 목적이 자신의 반신을 더럽히는 것이라면 오히려 이름을 밝히는 것이야말로 그 대망에 가까워지는 길이 아니냐?"

길가메시는 한없이 오만하게 궁병에게 왕명을 내렸다.

"좋다. 왕인 내가 허락하마. 네놈의 진명을 읊어 보아라."

진명을 말하라는 말도 안 되는 소리를 들은 궁병은 쓴웃음을 지은 후—활을 어깨에 걸치며 천천히 가죽 아래에서 입을 열었다.

"나의 이름은 **알케이데스.**"

그 말을 들은 여자 기병은 말 위에서 말없이 고개를 가로저었다.

티네는, 처음에는 그 이름이 무엇인지 알아듣지 못했으나 이내 머릿속에서 기억의 조각을 건져 올렸다.

"암피트리온과 알크메네의 자식이자 미케나이 왕가의 피를 이은 자다."

그것은 어느 대영웅의 아명兒名으로—**인간으로서 붙여진 이**

름이었다는 기억을.

"금색의 왕. 내가 아는 왕들과는 비견할 수조차 없을 정도로 **강한 왕이여. 그리고 나약한 전사여.** 또 보자. 다음에는 네놈의 가장 깊은 곳에 잠든 신의 힘을 유린해 주마."

말을 마치자마자 그의 몸에서 솟구쳐 나오던 진흙 같은 마력이 온몸을 감싸더니―숲이 자리한 설원에 허공 같은 구멍이 뚫렸다. 다음 순간, 그 진흙은 물론이고 존재 자체가 그 자리에서 사라지고 없었다.

「그럼 또 봐, 임금님들. 타락하고 싶을 때는 언제든 말해! 우행愚行과 광기가 바로 내 기원이거든! 아하하하하하하! 아하하하하하하핫!」

천진한 소년 같은 목소리가 미친 자처럼 웃어 대는 소리가 울려 퍼졌다.

그 목소리가 사라진 것과 거의 같은 타이밍에 설원은 신기루처럼 사라지고, 본래의 계곡이 티네 일행의 주변에 펼쳐졌다.

마지막으로 남겨진 여자 기병은 어째서인지 티네를 보고 가볍게 미소를 짓더니 자신의 정체를 밝히며 말고삐를 잡았다.

"녀석이 진명을 댄 이상, 너희에게 나의 진명을 숨겨 봐야 무의미하겠지."

'여왕'은 어이가 없다는 듯 고개를 가로저으며 큰 소리로 진명을 밝혔다.

"나의 이름은, 히폴리테."

"전쟁의 신 아레스와 아르테미스의 무녀인 오트레레 사이에서 태어난 자. 긍지 높은 부족, 아마조네스의 전사장이다! 금색의 왕과 어린 가신이여, 또 보자!"

진명을 밝힘과 동시에 말을 출발시킨 직후, 기병—히폴리테는 말과 함께 빛의 입자로 변해 그 자리에서 완전히 사라지고 말았다.

짧기는 했으나 격동이라고 표현하기에 충분한 시간을 보낸 티네는 자신의 정신을 마술로 안정시키며 자신의 서번트인 영웅왕에게 물었다.

"황송하오나…. 왕께서는 이름을 말하지 않아도 괜찮은 것이었습니까?"

"……."

그러자 영웅왕의 눈썹이 슬쩍 꿈틀댔다.

그리고는 무언가를 얼버무리려는 듯 고개를 가로젓더니, 유달리 대담한 미소를 지은 채 다시금 고개를 가로저었다.

"훗…. 녀석들은 아직 나의 이름을 들을 자격이 없다. 다시금 내 면전에 나선다면, 칭찬하는 의미로 나의 이름을 들을 영예를 베풀도록 하마."

티네는 왕의 말을 의심하지 않고 그렇구나, 하고 고개를 끄덕였다.

그리고 한 가지 의문을 입에 담았다.

"그 소년인 듯했던 목소리가 말한 '성가신 일'이란 무엇일까요."

"흠."

티네의 물음을 들은 영웅왕은 표정을 지우고는 계곡에서 보이는 도시 방향을 바라보며 자신의 추측을 말했다.

"아마도 나와 벗의 재회에 찬물을 끼얹은 도적에 관한 것일 테지."

"……?"

"죽음의 저주 따위 나의 재화를 휘둘러 단숨에 없애 주려 했건만, 설마 **이러한 모양새**로 내 손아귀에서 벗어나려 들 줄이야."

"죽음의… 저주?"

티네가 눈살을 찌푸리자 길가메시는 역시나 대담한 미소를 지으며 단언했다.

"멍청한 것. 왕의 앞에서 불안한 표정을 짓다니, 불경하구나."

"네놈은 왕의 비호 아래 있다. 저주를 두려워할 틈이 있거든 나에 대한 경외심이나 더 표하도록 해라."

×　　　×

같은 시각. 콜즈맨 특수 교정 센터.

현대적인 모니터들이 사역마며 마술적인 감시장치가 보내온 광경이 비추고 있는, 뒤숭숭한 분위기의 감시 룸.

그 방의 주인인 팔데우스가 모여들고 있는 데이터를 보며 눈살을 찌푸렸다.

—역시 버즈디롯은 일찌감치 제거해 둘 필요가 있겠군.

—아니, 뒷배인 스크라디오 패밀리 쪽이 문제가 될지도 몰라.

—이대로 가면 성배전쟁의 결과 여부와는 상관없이 언젠간 제어하지 못하게 되겠지.

—그렇게 되면 다른 부서… 아니, 화이트하우스가 총력을 기울여도 스크라디오 패밀리를 막을 방도가 없어.

팔데우스는 무표정한 듯 보였으나 속으로는 오만상을 다 쓰고 있었다.

문제는 그뿐만이 아니었다.

쿠루오카 부부의 동향도 아직 상세히 파악되지 않아, 상대가 소환한 서번트가 무엇인지 알기 전까지는 섣불리 손을 댈 수가 없는 상태였다.

—그 은랑이 소환한 영령… 바빌로니아의 진흙 인형이 만약 랜서라면, 쿠루오카가 불러낸 것은 라이더나 버서커인 셈이 돼.

은랑이 소환한 랜서로 추정되는 영령, 엘키두.

시체가 되었던 제스터 카르투레 일파가 소환한 것으로 추정되는 여자 어새신.

경찰서장이 소환한 캐스터, 알렉상드르 뒤마 페르.

그리고 티네 체르크가 사역 중인 아처, 영웅왕 길가메시.

—플랫 에스카르도스는 공원에서 영령과 모종의 커뮤니케이션을 취하는 낌새를 보였다⋯. 그렇다면 버서커가 아닐 가능성이 높은가.

—그렇다면 쿠루오카 부부가 소환한 영령이 버서커일 가능성이 높아.

쿠루오카 부부가 시황제를 소환하려 했다는 사실은 알았지만 그렇게 전술, 전략에 능한 영웅을 버서커로 소환한 의미를 알 수가 없었다.

뭔가 착오가 있어서 시황제가 버서커로 현현한 것이라면 서번트가 쿠루오카 부부를 광기로써 지배하고 있을 가능성도 있었지만 모든 것은 팔데우스의 추측에 불과했다.

자신이 소환한 진짜 어새신에게 정찰을 시킬까도 했지만 만에 하나 천적이라 할 수 있는 성질을 지닌 영령이 쿠루오카의 장기말일 경우, 고스란히 강력한 장기말을 잃게 될지도 모를 일이었다.

—나 원, 산 넘어 산이군.

세이버를 소환한 카슐라는 가짜 어새신에게 살해당했고, 진짜 라이더를 소환한 도리스 루센드라는 팔데우스에게는 비협력적이라 연락도 없었다. 진짜 버서커를 소환할 예정이었던 할리와는 소식이 끊겼고, 일이 순조롭게 풀렸으면 랜서를 소환했을 터인 시그마에게서는 '무언가를 소환한 것은 분명합니다만 전혀 정체를 모르겠습니다. 진명을 알아내는 대로 다시 보고드리겠습니다.'라는 짧은 연락이 들어왔을 뿐이었다.

―우리의 목적은 성배로 소망을 이루는 것이 아니야.

―해석을… 제3마법에 대한 해석 자체를 진행시키는 것이지.

성배를 손에 넣어 '제3마법을 나의 손에'라고 빌면 어떻게 될까.

문득 그런 어린애 같은 생각이 들었지만, 무엇을 어떻게 생각해 봐도 썩 좋은 꼴은 못 보리라는 결론에 도달하게 되어 그 이상은 생각하지 않았다.

―개별적인 승패 그 자체에 연연할 필요는 없지만… 우리 쪽이 승리할 필요는 있어.

티네 체르크는 성배를 원하는 것은 아니었지만 만에 하나 성배를 손에 넣어 '스노필드에 있는 성배 시스템 그 자체의 파괴'를 바랄 수도 있다. 그러한 걱정이 팔데우스의 머릿속에 경보음을 울리고 있었다.

―최악의 경우, 내통자를 시켜 티네를 제거하는 수도 있지만… 그러려면 영웅왕이 다른 서번트와 싸우고 있는 빈틈을 찌

를 필요가 있어.

―하지만 그 이전에… 세이버의 동향이 잡히지 않는 것도 문제야.

―도시의 요소요소에 카메라를 설치해 뒀는데… 그 안경 쓴 여자는 비추지 않았지.

―아인츠베른의 호문쿨루스와 접촉할 것이라 생각했는데….

계속해서 감시하던 '하얀 여자'―아인츠베른의 호문쿨루스는 저녁에 일시적으로 모습을 감추었지만 현재는 감시망에 포착된 상태였다.

하지만 기묘하게도 아침부터 도시에 있는 쇼핑몰이며 카지노를 들락거리는 등, 행동에 일관성이 없었다.

―이쪽을 교란하기 위한 함정인가. 감시하고 있다는 것은 당연히 알아챘을 테니.

정말이지 뜻대로 되는 일이 하나도 없다.

쉴 새 없이 터지고 있는 문제에 관해 생각하고 있자니 머리가 지끈거려, 팔데우스는 무심결에 눈두덩을 손으로 꾹 눌렀다.

"디오란도 부장님."

부하 여성이 그런 팔데우스 디오란도에게 말을 붙여 왔다.

"왜 그러나요, 알드라 씨."

"도시에 있는, 마스터가 되지 못한 마술사들 말씀입니다만… 이상한 움직임을 보이고 있습니다."

"……?"

그녀가 내민 보고서를 본 팔데우스는 스스로도 무수히 많은 모니터 중 몇 개를 쳐다보며 말을 받았다.

"…확실히, 이상하군요."

마술사들의 몇 할 정도는 오전 중에 도시를 빠져나갔다.

사막의 크레이터를 보고 겁을 집어먹은 자도 많겠지만 가짜 어새신─난숙爛熟한 광신자의 손에 많은 수의 마술사들이 육체적인 피해를 입었다.

상황이 상황이다 보니 어중간한 마술사들이 '우리는 감당 못할 일'이라며 도망치는 것도 무리는 아니었다.

하지만─이상한 것은 그다음 전개였다.

오전에 도시에서 빠져나갔을 터인 마술사들이 하나같이 차와 오토바이를 유턴시켜 스노필드 시가지로 돌아오고 있었던 것이다.

"…설마, 도시를 나선 순간에 다른 가문에 고용된 건가?"

가장 먼저 뇌리에 떠오른 것은 시계탑이 개입했을 가능성이었다.

그들이 도시를 빠져나가는 마술사들에게 눈독을 들였다가 모종의 대가를 약속해서 시계탑의 장기말로 삼은 것이 아닐까 하는 생각이 든 것이다.

하지만 그 추측은 이어진 알드라의 말로 인해 부정되었다.

"마술사들뿐만이 아닙니다, 부장님."

"…뭐라고요?"

"어느 시간을 경계로, 업무 등의 이유로 도시 밖으로 나갔던 일반인들이 모두 도시로 돌아왔습니다."

오싹. 싸늘한 위화감이 팔데우스의 등줄기를 타고 흘렀다.

"……."

팔데우스는 자신의 인식이 허술했음을 통감했다.

통상적인 마술의 범위를 넘어선, 대규모의 '무언가'가 도시 안에서 일어나고 있다.

그 사실은 분명했지만 이유까지는 알 수 없었다.

─사람을 쫓아내는 결계? 아니…, 도시로 돌아오고 있으니 사람을 끌어들이는 결계라 불러야 하나…?

─하지만, 목적이 뭐지?

─후유키의 제5차 성배전쟁에서는 일반인에게서 오드를 수집하려 했던 영령이 있었다고 듣기는 했지만….

제5차 성배전쟁에는 블랙박스가 많아서 그 영령이 어떠한 최후를 맞았는지까지는 알 수 없었다.

하지만 실제로 그 시기에 일반 시민이 집단으로 졸도하는 사건이 일어나, 성당교회가 가스 사고로 은폐했다는 정보는 들어왔다.

그에 관해 현지 고등학생들 사이에서 '지하에 미군이 떨군 화학병기의 불발탄이 있어서, 거기서 가스가 새어 나온 게 아닐까'라는 소문이 도는 바람에 팔데우스의 동료들이 사실과 다른 소문을 지우는 작업에 시달렸다…는 이야기를 들은 적이 있었다.

　─화학병기… 불발탄. 그런 소문에서 그칠 일이면 좋으련만.

　─현재의 처리 능력으로는 크레이터 건만으로도 벅차.

　─스노필드의 인구는 80만….

　─**일단은 그들 모두가 사라져도 처리할 수 있도록 준비는 해**
두었지만….

　─가능하다면 그런 성가신 일은 벌어지지 않았으면 하는데.

　그런 생각을 하던 팔데우스는─.

　굳게 움켜쥔 자신의 손안에 무언가가 쥐어져 있음을 알아챘
다.

　그것은 단편적인 문자가 적힌 메모 용지로, 구깃구깃해진 그
것을 조심히 펼쳐 보니, 거기에는 팔데우스를 향한 명확한 메
시지가 적혀 있었다.

　─【못 알아챘나.】

　─【이 시설은 결계의 벽이 짙다.】

　─【때문에 저것은 이곳까지 들이치지 못했다.】

　"……."

　팔데우스는 이번 성배전쟁에서 진짜 어새신인 핫산 사바흐
와 계약했으나 핫산이 먼저 말을 걸어오는 일은 그리 없었다.

　애초에 목소리를 내는 일 자체를 기피하고 있는지, 이러한

수단으로 말을 걸어오는 경우가 많았다.

심지어 그 글씨는 매번 팔데우스 본인이 갈겨쓴 듯한 글씨체로 적혀 있었다.

마치 남이 봤을 때, 어새신이라는 영령의 존재 그 자체가 팔데우스의 망상에 불과하다고 보이게끔 하려는 듯이.

"저것…이라니?"

팔데우스는 나직한 목소리로 중얼거렸다.

그에 답하려는 것인지 데이터 송수신 중이던 컴퓨터 중 하나의 화면에 블록 노이즈가 일어나기 시작했다.

작은 문자열이 그 틈새를 뚫고 떠올라 팔데우스의 뇌리에 새겨졌다.

팔데우스의 의문에 대한 답만이 짧은 문자열로 적혀 있었다.

─【저주받은, 사병死病의 바람.】

×　　　×

두 시간 후. 싸구려 모텔.

"하아, 드디어 밖에 나갈 수 있게 됐네~!"

플랫 에스카르도스는 실내에 쳐진 커튼을 젖혀 쏟아지는 햇볕을 쬐며 두 팔을 한껏 위로 뻗었다.

"설마 그렇게 혼날 줄은 몰랐는데…."

아주 잠시 크게 기지개를 켜던 플랫은 풀이 죽은 듯 어깨를 축 늘어뜨린 채 한숨을 내쉬었다.

"심지어 잭 씨를 소환한 촉매가, 교수님이 나를 위해 준비해 준 게 아니었던 데다 전부 내가 지레짐작한 거였다니…."

그런 그의 왼팔에 채워진 스팀펑크풍 손목시계에서 점잖은 신사 같은 인상을 풍기는 목소리가 울려 퍼졌다.

"비디오 게임의 응모 상품으로 소환되었다는 사실을 알고 내가 받은 충격에 비할 바는 아닐 텐데. 게다가 두 시간 정도의 설교로 그쳤으니 다행 아닌가."

영령시계로 변한 버서커, 잭 더 리퍼의 위로에 플랫은 살며시 고개를 가로저었다.

"두 시간씩이나, 겠죠."

플랫은 산 지 얼마 안 된 휴대전화를 움켜쥔 채 침대 위에 쓰러져 서러워 죽겠다는 듯 몸을 웅크렸다.

그 휴대전화의 번호를 플랫의 스승인 로드 엘멜로이 2세에게 메일로 보낸 지 15초도 채 되지 않아 영국에서 국제전화가 걸려 와서, 그대로 두 시간 정도의 설교와 30분 남짓에 걸친 방침회의가 방금 막 끝난 참이었다.

전화를 받자마자 손목시계 형태인 잭에게까지 들릴 정도로 우렁찬 남성의 호통소리가 울려 퍼지더니 그대로 기나긴 설교가 시작되었던 것이다.

멋대로 미국으로 건너온 것부터 시작해서 온갖 추궁과 설교를 들었는데—.

—[대체 누구에게 소환의 주문을 들었지? 자네가 대도서관에 있는 자료 따위에서 직접 알아냈을 리는 없을 테고. 토오사카인가?]

교수가 그렇게 묻기에,

—"아, 그렇구나. 린 쨩한테 물어보면 되는 거였구나…. 아니, 그게, 시가지에 와서 이것저것 해 봤더니, 뭔가 마법진도 주문도 없이 소환됐어요."

플랫이 솔직하게 대답하자 몇 분 동안 침묵이 이어지더니, 그 전보다 훨씬 가열한 설교가 재개되기도 했었다.

플랫은 정신적 피로로 괴로워 보였지만 잭은 일부러 엄격하게 말했다.

"참으시게나. 그 설교를 모두 들었던 내가 보기에, 간결하고도 이해하기 쉽게, 그러면서도 찍소리도 안 나올 정도로 정상적인 내용이었네. 문제는 그렇듯 이야기의 흐름이 효율적이었음에도 설교가 길어질 만큼의 일을 저지른 자네에게 있어. 잠자코 두 시간이라는 시간적 손실을 받아들이시게나."

"아니에요, 잭 씨."

"버서커라 부르게. …그래서, 뭐가 아니라는 겐가?"

잭이 고개 대신 시곗바늘 중 긴 쪽을 갸웃하자 플랫은 풀이 죽은 표정으로 입을 열었다.

"시계탑에 있는 동안 본 교수님은 정말로 1분도 허투루 쓸 수 없을 정도로 이런저런 작업에 쫓겨 다니는 사람이었다고요…. 그런데 저 때문에 교수님이 두 시간이나 시간을 낭비하다니… 정말로 죄송한 짓을 했구나 싶어서…."

"흠…. 자네는 생각했던 것보다 스승님을 존경하는 모양이군."

"교수님의 제자 중에서 교수님을 존경하지 않는 사람은 서너 사람밖에 없다고요!"

"있기는 있는 건가…. 하지만 전화 너머로만 이야기를 들어도 알겠더군. 그는 우수한 '마술 스승'일 테지. 과거에 있었던 성배전쟁에서 살아남았다는 이야기로 미루어 '마술사'로서도 일류일 테고."

잭이 솔직한 감상을 늘어놓자 플랫은 얼굴이 확 밝아져 대답했다.

"당연하죠! 교수님은 성배전쟁뿐 아니라 그 밖에도 시계탑에서 이런저런 사건들을 해결했다고요! '박리성剝離城 아드라, 월하의 각인쟁탈 연속 살인사건'에 '데인저러스 뷰티 쌍모탑雙貌塔에서 사라지다 사건', '슈퍼 익스프레스, 저지멘트 아이 사건', 어어, 그리고 또…."

"음. 자네가 멋대로 사건에 이름을 붙이고 이야기를 눈덩이처럼 부풀려서, 교수의 위장에 막대한 대미지를 입혀 왔으리라는 건 잘 알겠네."

"에이, 부풀린 적 없어요. 교수님은 정말로 시계탑에서도 전설의 인물이라고요! 아, 참! 뭣하면 전화로 좀 더 이야기해 보실래요? 좀 전에도 말했듯이 바쁜 사람이라 정말 잠깐밖에 안 될 테지만….”

플랫의 제안에 잭은 몇 초간 생각한 뒤, 긴 바늘을 크게 흔들었다.

“사양하겠네. 조금 전에도 잠시 대화를 나눠 봤지만, 그는 마치 이쪽의 모든 것을 꿰뚫어 보고…. 그래…, 마치 나를 **다른 무언가로 바꾸어 놓을 듯한** 분위기를 띠고 있었으니.”

“아~…. 아니, 확실히 교수님하고 대화를 해 본 사람들은 다들 그렇게 말하기는 하는데, 그건 악의가 있어서 그러는 게 아니라….”

“그래, 의도한 바가 아니라는 것은 알겠네. 그의 순수한 버릇일 테지. 하지만 그 본질을 꿰뚫어 보는 힘은 무섭네. 그와 이야기를 계속했다가는, 나는 그것만으로 자신의 존재에 만족하고 꿈을 이루지 못한 채 성불해 버릴 걸세.”

“그런가요….”

플랫은 몸을 일으켜 침대에 앉아 유감이라는 투로 말했다.

잭은 그런 그에게 계속해서 말했다.

“하지만 그가 신뢰할 만한 존재라는 것은 알겠네. 나의 지식 속에 있는 마술사다운 마술사라면 나를 어떻게든 어르고 달래, 그야말로 모든 수단과 방법을 동원해 성배전쟁을 포기시키고 시계탑으로 불러들이려 들었을 걸세. 나는 존재 자체가 귀중한

연구대상이니 말이지. 그러지 않는 것을 보면 마술사답지 않게 선한 사람이거나 눈앞에 놓인 손익보다 대국을 내다볼 줄 아는 인물이라는 뜻일 테지."

정말로 잠시 이야기를 나눈 것뿐이었지만, 잭은 로드 엘멜로이 2세라는 인물에게 어느 정도의 신뢰와―일종의 동질감 같은 것을 느꼈다.

콕 집어 말하자면, '이 인물도 플랫 때문에 고생깨나 했겠구나' 하는 점에 한정된 것이었지만.

자신의 자유분방함이 전화 너머로 대화를 나눴을 뿐인 스승과 서번트 사이에 결속감을 낳았다는 사실도 모른 채, 플랫은 커튼을 젖혀 눈부신 햇빛이 쏟아지는 밖을 바라보았다.

"네에! 교수님은 굉장한 분이시라고요! 저 같은 것보다 훨씬 먼 미래를 내다볼 줄…."

플랫이 그대로 말을 그치고 창문을 응시하자 손목시계가 의아하다는 투로 물었다.

"왜 그러나? 너무 얼굴을 내보이지 않는 편이 좋을 걸세. 조금 전에도 향후 방침으로 교수가 '얌전히 숨어 있어라'라고 하지 않았나."

"아니, 그렇긴 한데요…. 꽤나 **안개가 짙다** 싶어서…."

"안개?"

자기 자신과 연관된 단어가 신경이 쓰였는지 잭도 창밖을 쳐다봤지만 눈부신 햇빛이 쏟아지는, 실로 맑은 날씨의 풍경이 펼쳐져 있었다.

"무슨 소리인가? 안개는 어디에도 보이지 않네만?"

잭은 혹시 눈에 병이라도 난 것인가 싶었으나, 플랫이 얼굴에서 웃음을 지운 채 대답했다.

"아뇨…. 그게 아니라… 마력의 안개가…. 아니, 도시에 왔을 때부터 약간은 있어서, 성배의 영향이려나 했는데…."

"……?"

단편적으로 말하던 플랫은 얼마간 창밖을 관찰한 뒤, 진지한 분위기로 말을 자아냈다.

"버서커 씨. 이거, 살짝 위험할지도 모르겠어요."

"왜 그러나."

"우리… 뭔가 엄청 위험한 것에 둘러싸여 있는 것 같아요…."

"──?! 적 영령의 공격인가?! 모텔에 결계라도 친 겐가?!"

플랫이 말하는 '안개'가 무엇인지는 잘 모르겠지만 잭은 플랫이 무사태평한 기질은 있어도, 그런 농담을 하는 타입의 인간은 아니라는 사실을 알았다.

하지만 플랫이 내뱉은 대답을 들은 잭은―차라리 그것이 농담이기를 바라게 되었다.

"모텔이 문제가 아니에요. 이거… 최소한 이 도시를 전부 다 뒤덮고 있는 것 같은데요?"

막간
『감시자—워처』

늪지에 자리한 저택.

시간은 영웅왕이 의문의 궁병과 대결을 펼치던 때까지 거슬러 올라간다.

성배전쟁에 소환되는 영령은 기본적으로 '세이버' '아처' '랜서' '캐스터' '라이더' '어새신' '버서커', 이상 일곱 개 클래스로 나뉜다.

그러나 그 어느 것에도 해당되지 않는 '엑스트라 클래스'가 소환되는 일이 가끔씩 있다고 하며, 실제로 후유키에서 벌어진 제3차 성배전쟁에서는 '어벤저'라 불리는 클래스의 영령을 소환했다는 기록이 남아 있었다.

그 정보를 들은 바 있는 시그마가 저택 1층에 자리한 서재의 의자에 앉으며 물었다.

"그래서? …그 '워처'라는 건 엑스트라 클래스냐?"

시그마의 물음에 그때 나타나 있던 '그림자'—등에 날개가 달린 소년이 대답했다.

"정확히 말하자면 조금 다르려나. 후유키의 시스템과 완전히 같았다면 삼대기사가 엑스트라 클래스로 바뀌는 일은 없었을 거야. 남겨진 위상으로 말하자면 성배전쟁에 소환되어 싸울 서번트는 랜서가 되어야겠지. 하지만 랜서의 서번트가 되는 건 영령이 아니라 너일 거라는 뜻이야. 네가 산 채로 랜서가 되기 위한 장벽이자 감시자, 네가 불러낸 건 그런 거야."

"무슨 뜻인지는 알겠어. 아침에 그 말을 듣고 나서 한숨 자고 일어나 다시 생각해 봤는데, 전혀 납득이 안 가는 대답이야. 애초에 인간에게 랜서가 되라는 이야기부터가 이상하잖아."

"우리도 설마 네가 한숨 자고 생각할 줄은 생각지도 못했지만 말야. 뭐, 이상하기로 따지면 이 성배전쟁 자체가 이상한 걸. 정식 엑스트라 클래스라는 표현은 뭔가 좀 이상한 것 같기는 하지만 우리가 정식 엑스트라 클래스였다면 '게이트 키퍼'로서 현현했을지도 몰라."

시그마가 담담히 자신의 의견을 입에 담자, 뱀이 엉켜 붙은 지팡이를 든 어린애 모습으로 변한 그림자가 입을 열었다.

"삼대기사는 엑스트라 클래스가 되지 않는다. 그 규칙이 적용되고 있는지 어떤지도 의심스러운 상황이지. 우리는 '그림자'로서 성배로부터 성배전쟁에 관한 지식을 어느 정도 얻기는 했지만 그건 후유키의 규칙을 기준으로 한 거야. 이 스노필드의 성배전쟁은 본래의 규칙에서 한참 벗어나 있어."

"가짜라서 그럴 수도 있다는 건가."

그림자는 간단히 납득하는 시그마의 모습을 보고 어깨를 으쓱하며 말을 이어 갔다.

"실제로 네가 소환한 '워처'는 이미 도시를 감시하기 시작했어. 그리고 벌써 상이점을 찾아낸 모양이야."

"상이점?"

"삼대기사인 아처로 소환됐을 터인 영령이, 그야말로 엑스트라 클래스인 '어벤저'처럼 변질되었고, 본래 소환될 리가 없는 것들이 서로서로 모여드는 모양새로 우르르 이 땅에 몰려들고 있어."

거기까지 말한 참에 어린아이의 모습이 사라지더니, 그 대신 방구석에 지팡이를 짚은 '선장'이 나타났다.

"그래, 계곡 쪽에서 나와 비슷한 기척이 느껴지는군⋯."

"⋯비슷한 기척?"

"그립고도, 나를 고무시키는 냄새. 내장 깊숙한 곳에서 솟구치는, 순수한 분노가 느껴져. 아아, 만약 내가 정상적인 영령으로 소환되었다면 그야말로 기병이 아니라 복수를 기반으로 한 클래스로 현현했을 텐데 말이지. 그렇지 않은 것이⋯ '그것'의 그림자인 것이 분통할 따름이군."

시그마는 서서히 감정이 사라져 가는 그 말의 밑바닥에서 차갑게 불타오르는 마그마 같은 꺼림칙한 약동감을 느꼈지만 딱히 그 이야기를 캐물으려 하지는 않았다.

그림자를 자청한 그들은 때때로 원통함이나 증오를 논하기는 했으나 시그마는 그 어느 것에도 관심이 없었고, 자신이 불러낸 영령의 진명을 알 단서가 될 것 같지도 않았기에 기본적으로는 흘려듣고 있었다.

하지만 타고난 버릇인지, 아니면 유년기부터 받아 온 특수한 훈련 탓인지. 본인은 흘려듣고 있다고 생각했지만 귓속으로 들어온 말은 머릿속에 똑똑히 새겨지고 있었다.

하지만 한도 끝도 없이 상대의 푸념을 듣고 있을 수는 없는 노릇이었다.

시그마는 조금 전에 들은 이야기를 통해 얻은 몇 가지 정보를 정리해 그림자들에게 질문을 던져 보기로 했다.

"요컨대 너희는… 이 도시의 성배전쟁을, 객관적으로 관측하고 있다는 뜻이야?"

"정확히는 우리가 아니라 네가 부른 존재가… 라고 해야 맞겠지만 말이야."

×   ×

시내 어떤 곳. 뒤마의 서재.

"…어째 아침부터 묘한 시선이 느껴진단 말이지."

배정받은 방에서 『히드라의 독단검』의 '개고改稿' 작업을 진행 중이던 캐스터─알렉상드르 뒤마 페르는 고개를 갸웃하며 주변을 둘러보았다.

평소와 다름없는 방이 눈에 들어왔다.

무수히 많은 책장과 산더미처럼 쌓인 책.

테이블 위에 차려진 온갖 종류의 음식과 과자들.

인터넷 연결이 가능한 노트북.

오래된 디자인의 유선전화기.

하지만 뭔가가 달랐다.

공간의 '질' 그 자체가 바뀐 듯한 위화감을 느낀 뒤마는 이를 드러내고 씩 웃으며 신이 나서 자신의 작업을 재개했다.

"뭐어, 아무렴 어때. 관객은 많을수록 좋지."

즐겁게, 들뜬 투로, 예상치 못했던 사태 역시 무대극의 묘미라고 단정하듯이.

"이런 대규모 즉흥 희극을 혼자서 즐겼다간, 분명 천벌을 받을 거라고! 하핫!"

×   ×

늪지에 자리한 저택.

"그러면 가르쳐 줘. 너희의 시점에서 봤을 때, 나는 어떻게 보이지?"

문득 호기심이 꿈틀대서 시그마는 그림자들에게 그렇게 물었다.

시그마는 자신이 누구인가 하는 생각을 그다지 해 본 일이 없었다.

그는 세상 돌아가는 일뿐 아니라 자기 자신에게조차도 관심을 가질 수가 없었기 때문이다.

자신의 나이조차 정확히는 몰랐다.

외모 탓에 10대 후반 정도로 여기는 이들은 많았지만 이미 몇 년 전에 몸의 성장과 노화는 멈춘 듯했다.

고용주는 '소년병 시절에 마술사들이 몸을 너무 주물럭거렸네. 아마 평범한 인간보다 수명은 짧지 않을까? 젊음을 유지하는 시간이 긴 대신 죽을 때는 갑자기 늙어서 고통 없이 훅 갈걸?'하고 농담이라도 하듯 말했지만, 아마도 그 말이 맞으리라.

하지만 그건 아무래도 좋은 일이었다.

애초에 자신의 직업상, 편히 죽을 확률은 한없이 낮으리라는 것은 알았기에.

그러나 그런 자신이 어떠한 존재인지는 신경 쓰였다.

시그마는 신도 부처도 믿지 않았다.

성배전쟁 같은 것에 참가하고 있는 시점에서 자신은 발끝에도 미치지 못할 '힘'이 존재한다는 사실은 알았다. 물론 알고 있을 뿐 그 '힘'을 신앙할 생각은 없지만.

위대한 힘이라는 것이 자신을 보고 뭐라 평가할지, 시그마는 어째서인지 그것만이 이상하리만치 신경 쓰였다.

쓰레기라 할까. 아니면 공기나 다름없는 존재라 할까.

살 가치조차 없다고 단정 지을지도 모르지만, 그래도 별수 없는 일이라 생각했다.

죽으라고 시킨다고 죽을 생각은 없지만, '네게는 존재할 의미가 없다'는 말을 들은들 지금의 시그마는 반론할 이유를 생각해 내 그것을 늘어놓을 수 없을 듯했다.

그런 생각을 하고 있자니 '뱀이 엉켜 붙은 지팡이를 지닌 아이'의 모습으로 나타난 그림자가 난감하게 됐다는 듯 고개를 가로저었다.

"미안해. 워처는 과거부터 모든 것을 지켜보고 있는 게 아냐. 소환된 순간 이후의 일을 지켜보고 있을 뿐이지. 그래서 워처는, 너는 아직 그 무엇도 아니라고 판단하고 있어."

"'아직'이 아니야. 앞으로도 계속 그 무엇도 아닐 테니까."

"글쎄. 무엇이든 될 수 있다는 뜻이기도 해. 그야말로 성배를 손에 넣으면, 영령들과 어깨를 나란히 할 힘을 손에 넣을 수 있을지도 몰라."

만능의 원망기, 성배.

가령 그것을 손에 넣는다면 어떻게 할지, 시그마는 새삼 생각해 보았다.

하지만 아무리 애를 써도 그렇게 거창한 물건에 빌 소원이 떠오르지 않았다.

"…만약 내가 성배를 손에 넣으면… 조금은 남들처럼 꿈을 꿀 수 있을까? 물론 밤에 꾸는 꿈 말고, 대망이라는 뜻인데…"

시그마가 어물어물 설명하자 뱀으로 된 지팡이를 지닌 아이는 밝은 목소리로 고개를 끄덕였다.

"그럼, 멋진걸?! 그래, 성배를 손에 넣으면 너는 분명 꿈을 꿀 수 있을 거야. 워처가 계속해서 현실을 지켜보고 있듯 말이야."

"도시에서 일어난 일을 지켜보는 능력…. 평범한 서번트를 손에 넣으면, 성배전쟁은 간단히 결판이 나겠지."

"바로 보았다, 애송이! 이제야 알아챈 거냐."

'선장'이 흉악한 미소를 지은 채 입을 열었다.

"그래, 그렇고말고. 네 능력이 다른 참가자들에게 알려지면, 성배전쟁은 너를 두고 벌이는 쟁탈전이 될 거다!"

"…어?"

그러자 시그마는 눈살을 살며시 찌푸렸다.

잠시 생각해 보고는 '선장'의 말이 지당하다는 사실을 알아챘다.

"과연, 지금의 나는, **평범한 보급물자 같은 건가.**"

"전장 한복판에 떨어진, 하나뿐인 귀중한 물자다, 애송이. 필시 격렬한 쟁탈전이 될 게다."

"그런 건 상관없어. 하지만, 거기 휘말려 들어 죽기는 싫은데."

꿈 같은 것은 없었지만 아픈 것은 싫고 죽고 싶지도 않고, 굶주리고 싶지도 않았다.

그런 최소한의 욕망을 채우기 위해 자신이 무엇을 해야 할지 생각했다.

그러자 날개를 등에 진 소년이 다정한 미소를 지으며 말했다.

"강해지면 돼. 휘말려 드는 게 아니라 휘말려 들게 하는 쪽이 되는 거야."

"무모한 소리 마. 내 고용주만 봐도 상상을 초월하는 엄청난 마술사라고."

"장벽을 뛰어넘으면 돼. 워처는 네게 부조리하다 싶은 시련을 계속해서 줄 거야. 그걸 뛰어넘으면 너는 조금씩 무언가가 될 수 있어. 평범한 마술사 A에서 벗어날 수 있다고."

날개를 등진 소년의 말을 들은 시그마는 무표정하게 잠시 생각하다가―.

처음으로 그들의 말에 이의를 제기하기로 했다.

죽음에서 벗어날 의지를 표명하기 위한, 작은 한 걸음으로.

"마술사 A도, 병사 A도 아냐."

"나는… 시그마야."

Fate strange Fake

8장
『1일차. 오후②
방황하는 왕의 로큰롤』

숲속.

―나는 대체, 뭘 하고 있는 걸까.

아야카 사조는 최근 24시간 동안 과연 몇 번이나 그 생각을 했을까.

옆으로 바싹 다가온, 털이 가지런히 난 짐승의 배를 주물대고 쓰다듬으며 아야카는 멍하니 그런 생각을 했다.

―으음, 난 뭘 하고 있는 거지?

―그래, 성배전쟁.

은빛 짐승이 끄응끄응, 하고 울음소리를 내며 머리를 들이밀었다.

―성배전쟁…이었을 텐데.

그 온기를 느끼며, 아야카는 최근 반나절 동안 있었던 일들을 돌이켜 보기로 했다.

× × × ×

반나절 전. 스노필드 중심가.

아직 해가 뜰까 말까 한 시간, 경찰서에서 멀어지기 위해 빠른 걸음으로 걷던 아야카는 뒤에 선 세이버가 후우, 하고 한숨을 내쉬는 소리를 들었다.

"……? 왜 그래?"

"아아, 아니. 지인에게 잠깐 경찰서 상황을 보고 와 달라고 했는데, 구류되어 있던 인간들도 일시적으로 밖으로 대피시킨 모양이야."

"그래서?"

"경관들에게 새벽까지는 붙잡혀 있기로 약속했거든. 돌아갈까 했는데 너를 혼자 두려니 걱정이 돼서 말야. 누구를 남기고 갈지 고민 중이었어. 경찰서 자체가 기능하고 있지 않다면―뭐, 직전까지 붙잡혀 있었던 걸로 약속은 지킨 셈이려나 싶어서."

이번에는 밝은 투로 말하는 세이버를 보던 아야카가 한숨을 내쉬었다.

"그런 약속을 지킬 생각이었어?"

"약정은 중요해. 배신당한 인간뿐 아니라 거기에 휘말려 든 인간들까지 불행해지거든."

"잘은 모르겠지만… '누구를 남기고 갈지' 고민 중이었다니, 당신은 혼자잖아."

"너랑 있으니 혼자가 아닌데?"

아야카는 농담으로 얼버무리려 하는 세이버에게 차가운 시선을 날렸다.

"하하하, 그런 눈으로 쳐다본들 여기서는 내가 쥔 패를 밝히지 않을 거야. 이야, 뭐, 정 신경이 쓰인다면 힌트만이라도…."

"필요 없어."

더더욱 차가운 시선을 날린 뒤, 아야카는 다시 한 번 땅이 꺼져라 한숨을 내쉬고 나서 입을 열었다.

"하지만 정말로 나를 걱정해 주긴 했구나…. 지켜 달라고 한 적이 없기는 하지만… 그게, 고마워."

아야카가 말끝을 흐리며 감사 인사를 하자 세이버는 미소를 지은 채 고개를 갸웃했다.

"고마워할 것 없어. 나는 정말로 내 마음대로 지키고 있는 것뿐이니까. 하고 싶은 일을 하고 있을 뿐인데 감사 인사까지 받으면, 더더욱 분발하고 싶어지잖아? 그래. 걷는 데 지쳤으면 말이라도 꺼낼까? 마력을 조금 소비해야 하긴 하겠지만 윌리엄 녀석이 내줄지도 몰라…."

"아니, 괜찮아. 정말 괜찮다고! …그리고 윌리엄은 또 누구야? 왜 이야기해 줄 생각도 없으면서 모르는 사람의 이름을 들으란 듯이 슬쩍슬쩍 꺼내는 건데?"

아야카는 내버려 두면 무슨 짓을 저지를지 모르는 영령을 진정시키며 궁금했던 점을 입에 담았다.

그러자 세이버는 순간적으로 시선을 피한 뒤, 얼버무리려는 듯 미소를 지으며 대답했다.

"아니, 뭔가 쓸쓸하고 어두운 표정이기에 말야. 대충 보이지 않는 동료가 잔뜩 있는 것처럼 행동하면 안 쓸쓸해 하지 않을까 싶어서…."

"무섭기만 하니까 하지 마."

"알겠어, 그만두지. 뭐, 됐어. '그들'에 관해서도 차차 제대로 설명해 줄게."

"딱히 듣고 싶지 않은데…. 하지만 불빛도 그렇고 그 외에도 나 몰래 도움을 준 적이 있으면, 그 사람들한테 내 대신 고맙다고 해 주지 않을래…?"

그러자 세이버는 순간적으로 눈을 휘둥그렇게 뜨더니 미소를 지으며 아야카를 칭찬했다.

"넌 뚱한 얼굴을 하고 있지만 착한 애구나. 아야카."

"뚱한 얼굴을 하고 있어서 미안하게 됐네요…."

그런 대화를 계속하고 있자니 문득 옆에서 목소리가 들려왔다.

"여어! 아가씨! 아가씨!"

"에?"

"아아, 역시 어제 봤던 아가씨네. 경찰서 쪽에서 온 것 같은데, 괜찮은 거야?"

아주 최근에 들은 적이 있는 듯한 목소리라는 생각에 아야카가 고개를 돌려 보니 거기에는 한 번 보면 잊을 수 없을 정도로 요란한 머리 모양을 한 청년이 서 있었다.

모히칸 스타일에 목에는 문신, 얼굴이며 귀 여기저기에 피어스를 한, 요란한 펑크 패션의 남자—아야카가 도시에 들어섰을 때 모텔이 있는 곳을 가르쳐 줬던 드러그스토어의 점원이었다.

"그때 그….."

"이런 곳에서 만나다니, 별 희한한 우연도 다 있네. 그쪽은? 혹시 남자친구야?"

"아니, 그런 건…. 뭐, 그냥 지인 같은 거."

일반인을 상대로 서번트니 뭐니 하는 말을 할 수는 없는 노릇이라 아야카는 적당히 얼버무렸다.

세이버로 말하자면 모히칸 남자와 그 주변에 있는 펑크 패션을 한 젊은이들을 뚫어지게 쳐다보며 순진한 말투로 묻고 있었다.

"무례한 질문을 해서 미안한데, 그 개성적인 옷은 직접 재봉한 건가? 아니면 전문 장인이? 그 반골 정신으로 가득한 머리도 직접 땋은 건지 물어도 될까?"

세이버가 눈빛을 빛내며 말하자 밴드맨들은 얼굴을 마주 보았고 모히칸 스타일의 남자는 아야카에게 말했다.

"아가씨 남자친구, 대체 어느 나라에서 온 거야?"

"아니, 글쎄 남자친구가…."

우선 그 점부터 부정하려 한 아야카는 아랑곳 않고 세이버가 말했다.

"잉글랜드. 뭐, 런던에 윈체스터까지 합쳐도 토지 자체에는 그리 오래 있지 않았지만 말이지."

"흐~음. 저쪽도 나름 본고장 중 하나인 줄 알았는데."

고개를 갸웃한 모히칸이 짊어진 기타 케이스를 본 세이버는 느낌이 왔다는 듯 두 눈을 크게 뜨며 물었다.

"자네들은, 혹시 악사樂師인가?"

"악사라니…. 꽤나 오래된 표현을 쓰는군, 형씨."

"아아, 미안하군. 주어진 지식이 편중되어 있어서 말이지…. 어디 가면 자네들의 곡을 들을 수 있지? 교회? 주점? 가극장은… 아아! 아까 전에 내가 부쉈지…!"

세이버의 말은 무시하는 것으로 오해를 사도 할 말이 없었지만, 듣고 있는 아야카의 귀에는 이상하게도 악의가 있는 것처럼 들리지 않았다.

오히려 지금까지 한 발짝 물러나서 여유로운 자세를 취하고 있던 세이버가 정말로 어린애처럼 순진하게 묻는 모습을 보며, 아야카는 반쯤 확신했다.

―이 사람….

―혹시, 음악을 좋아하는 걸까….

영령으로서 지닌 카리스마의 힘이 영향을 끼친 것인지 어쩐지는 알 수 없었지만, 모히칸들도 아야카와 같은 인상을 받았는지 세이버를 '음악을 좋아하는 괴짜'로 인식한 모양이었다.

"잘은 모르겠지만, 우리를 보고 교회에서 연주를 하느냐는 소리를 하다니. 핫! 재미있네. 우피 골드버그가 출연했던 영화가 생각나."

"그건 유명한 가극가의 이름인가?"

"뭐, 그런 셈이지."

모히칸은 어깨를 으쓱하며 아야카와 세이버에게 말했다.

"올나이트 라이브 중이었는데 총성이니 폭발음 같은 게 들리더니만 경찰이 대피 지시인지 뭔지라면서 손님을 쫓아내지 뭐야."

"…고생 많았겠네."

조금 전에 봤던 신부와 흡혈귀의 싸움이 떠올라, 아야카는 식은땀을 흘리며 고개를 끄덕였다.

"어때? 공짜로 연주해 줄 테니 듣고 가겠어?"

"아니, 그건…."

자신들은 몸을 숨기고 있는 입장이기도 하고 공짜로 듣기도 미안하고 해서 아야카는 사양하려 했지만―.

"그래도 될까?! 고마워! 자네는 좋은 녀석이로군. 이 은혜는 영령의 좌에 돌아가서도 잊지 않겠어!"

두 눈을 반짝반짝 빛내며 처음 영화 속 스타를 만난 어린애처럼 신이 나서 말하는 세이버를 보고 아야카는 완전히 확신했다.

―아, 틀림없어.

―이 영웅…. 음악을 엄청 좋아하는구나.

몇 분 후.

아야카와 세이버는 모히칸 스타일의 청년과 그 밴드 동료라는 면면들과 함께 지하에 자리한 라이브하우스로 내려갔다.

"계단이 꽤 가파르니까 조심하라고. 미안한걸, 이 건물은 낡아 빠져서 엘리베이터 같은 고급스러운 건 없거든."

아야카가 내뱉은 '이 건물에 엘리베이터는 있느냐'는 질문을 다른 의미로 받아들인 것이리라. 미안한 투로 말하는 모히칸 스타일 남자의 모습에 아야카의 마음에 죄책감이 싹텄다.

그나저나. 아야카는 생각했다.

―이 영령은…. 아무리 봐도 중세 즈음의 영웅인데…?

―나도 펑크이니 메탈이니 그 둘이 어떻게 다르니 하는 건 잘 모르지만, 이렇게 요란한 록 밴드의 음악은 당시의 음악과 완전히 다르지 않을까….

―으음… 클래식? 아니, 아마 모차르트나 베토벤보다 한참 오래된 세대의 음악일 텐데, 세이버가 듣던 건.

―록을 듣자마자 화를 내면 어쩌지…. 현대인들 중에서도 젊은이들 취향의 음악이라 이해 못 하고 화를 내는 사람이 있을 정도인데….

부정적인 생각을 하면서도 딱히 갈 데도 없었던지라 아야카는 흐름에 몸을 맡겨 세이버와 밴드맨들의 뒤를 따랐다.

만약 세이버가 '이딴 건 음악이 아냐!' 하고 소란을 피우면 영주인지 뭔지의 힘을 시험해서라도 억지로 이곳에서 데리고 나가기로 결심했다.

―영주라….

—사용 방법은 들었지만, 정식으로 계약을 맺지도 않았는데 정말 효과가 있을까….

—애초에 내 건 가짜 영주라고 들었는데….

오로지 마스터의 권리를 가로채기 위해 만들어졌다는 '가짜 영주'.

아야카의 몸에 새겨진 다섯 개의 문양은 이 땅에 오기 직전에 '하얀 여자'가 새긴 것이었다.

'하얀 여자'는 진짜 영주와 마찬가지로 서번트에 대한 명령권이 있다고 했지만, 아야카는 어디까지 믿어도 될지 모르겠다고 생각하고 있었다.

좌우간 현재 시점에서 본 성배전쟁은, 아야카가 '하얀 여자'에게 들었던 바와 상당히 달랐기 때문이다.

—'성배전쟁은 남의 눈에 띄지 않는 곳에서 은밀히 행해지는 살육전'…이라는 부분부터가 들었던 거랑 다르잖아….

—이 영주라는 게 진짜라 해도 내가 그런 마술사 같은 짓을 할 수 있을까….

불안감에 찌부러질 것 같은 감각 속에서 그녀는 계속해서 계단을 내려갔다.

그 끝에, 아직 보지 못한 지옥이 기다리고 있을지도 모른다고 각오하며.

결과적으로 아야카의 각오는 모두 괜한 걱정으로 끝났다.

"굉장해…!"

아야카와 세이버, 대피하지 않고 남아 있던 몇 명의 라이브 하우스 스태프만을 관객으로 이루어진 쓸쓸한 라이브. 하지만 한차례 연주를 다 듣자마자 세이버는 혼자서 백 명의 팬에 필적할 정도의, 우레와 같은 박수갈채를 보내며 칭찬했다.

"아주 멋져! 감동했어! 이 감동을 시가詩歌로 정리해 아발론에 바쳐야 하는데… 아니, 과도한 장식은 필요 없지! 그저 멋지다는 말 한마디면 족해! 아야카. 굉장해, 아야카! 이 시대의 음유시인들은 다들 이렇게 격렬한 음악을 연주하는 거야?!"

"에, 아니, 응…."

뭐라 대답해야 좋을지 망설이는 아야카에게 세이버가 눈빛을 빛내며, 아야카에게만 들릴 정도로 작은 목소리로 물었다.

"그들이 연주한 음악의 이름은 뭐지? 내가 살아 있던 시대의 음악과는 전혀 다른데, 혹시 이런 종류의 음악이 많아? 영령의 좌는 왜 그런 류의 지식은 주지 않은 건지, 원…. 이토록 중요한 게 또 어디 있다고! 역시 이 성배전쟁은 뭔가 이상해, 통상적인 것과는 다를 가능성이 있어."

"이상한 건 당신 같은데…. 이 음악은… 으음, 펑크? 아니, 메탈이려나…."

그러자 두 사람이 수군거리는 것이 신경 쓰였는지 연주를 마치고 다가온 모히칸 스타일의 기타리스트가 아야카의 말을 듣고 입을 열었다.

"아아, 뭐면 어때. 얼마 전까지는 메탈이 맞네 펑크가 맞네 하고 치고받고 싸우던 녀석들도 있었지만 우리는 하고 싶은 대로 하고 있을 뿐이니까. 뭐, 그냥 로큰롤이라고 생각하라고."

자신들의 음악을 무엇으로 구분하는가 하는 것에는 딱히 관심이 없는 모양이었다. 그들은 자신들의 음악을 듣고 순수하게 기뻐하는 세이버를 보고 쑥스러워하는 듯 보였다.

"로큰롤! 그렇군, 이건 로큰롤이라는 음악이로군!"

그리고 세이버는 모히칸이 들고 있는 일렉트릭 기타를 쳐다보며 말을 이었다.

"이게 지금의 악기인가! 처음 들어 보는 독특한 음색이었지만, 천둥소리와도 같은 굉음과 선율이 훌륭한 조화를 이루었더군! 마치 내장과 영혼이 송두리째 빨려 나가는 듯한 기분이었어!"

세이버가 일렉트릭 기타를 처음 보는 사람 같은 소리를 하자 모히칸 청년은 신기하다는 듯 물었다.

"…아니, 좀 전에는 메탈이니 펑크니 하는 이야기를 하더니만, 혹시 당신 록을 처음 들어 본 거야?"

"아아, 로큰롤을 록이라 줄여 부르는 거로군. 이야, 부끄러운 이야기지만 처음 들었어. **다른 시간과 장소에서** 들은 적은 있을지도 모르지만, 적어도 지금의 내 기억에는 없지. 이렇게 신선한 감동을 얻게 되리라고는 상상도 못 했어!"

"맙소사…. 형씨, 대체 영국 어느 산골짜기에서 온 거야?"

"정말로 기사가 있던 시대에서 타임 슬립해서 온 거 아냐?"

베이시스트를 맡은 여성이 농담을 하듯 내뱉은 말에 아야카는 쓴웃음을 지을 따름이었다.

세이버가 어린애처럼 즐거워하자 모히칸 스타일의 청년이 자신의 일렉트릭 기타를 내밀었다.

"뭣하면, 만져 보겠어?"

"…괜찮겠어?"

그 후, 세이버의 독주회가 시작되었다.

처음 만져 보는 기타를 금방 제대로 다루는 세이버를 본 아야카는 멍하니 '역시 영웅이라 그런지 뭐든 다 할 줄 아네.'하고, 다소 엇나간 생각을 하고 있었다.

세이버가 자아낸 음색에 마음을 빼앗겨 버리지 않도록.

아야카가 방구석에서 멍하니 있는 사이, 다른 기타를 가져온 모히칸 스타일 청년을 비롯한 다른 멤버들이 세이버에게 음을 맞추기 시작했고, 끝에 가서는 비디오카메라로 연주를 촬영하기까지 했다.

아무래도 어지간히 밴드 멤버들의 마음에 들었는지, 아침은 뭘 먹을까 하는 이야기까지 하기 시작했다.

게다가 어느새 갑옷을 벗은 상태였다. 의상실에 적당히 방치되어 있던 옷을 받은 것인지 다소 얌전한 분위기의, 밴드 멤버 같은 차림새를 하고 있었다.

붉은 머리가 섞인 금발과 함께 그럭저럭 어울려 보여서, 아야카는 볼수록 어이가 없었다.

—…참가를 거부한 내가 할 말은 아니지만….

—이 영령, 정말로 진지하게 성배 쟁탈전을 할 생각은 있는 걸까…?

밴드 멤버들이 옷을 갈아입겠다며 대기실로 돌아가자 세이버가 무대 옆에 앉아 있던 아야카의 곁으로 다가와 말했다.

"괜찮아, 아야카? 졸리지는 않고?"

"계속 일렉트릭 기타 소리를 듣고 있었던 덕에 오던 잠기운도 다 도망갔어."

"하하, 그거 미안하게 됐네."

세이버는 방긋방긋 웃으며 아야카의 옆자리에 풀썩 앉더니 작은 목소리로 말했다.

"…이 지하에는 마술적인 예장도 외부와 연결된 감시장치도 없어. 자려면 지금 자 두라고."

그 말을 들은 아야카는 안경 안쪽에서 눈을 휘둥그렇게 떴다.

영락없이 음악에 취해 성배전쟁에 관한 일은커녕 자신들이 도망 중이라는 사실도 잊었으리라 생각했던 세이버가 그렇게 주의 깊게 주변을 살폈으리라고는 생각지도 못했던 것이다.

"…조금 전까지 신이 나 있었던 건, 연기였던 거야?"

"……? 뭐가?"

"아니…. 음악에 감동한 척을 했던 건가 싶어서…."

"그럴 리가 없잖아! 정말로 감동했어! 아야카는 감동하지 않은 거야?!"

세이버는 그렇게 말하더니 주변에 자리한 무대와 관객석을 빙 둘러보며 말을 이었다.

"솔직히 말해서, 처음에는 적 마술사들의 감시망이 미치지 않는 곳에 숨어 현대의 음악을 듣는 게 조금 기대되는 정도였어. 하지만 이렇게까지 변화한 선율을 만나게 될 줄이야, 정말로 운이 좋았어. 나를 말리지 않은 아야카에게 감사하고 싶을 정도야."

"뭐, 말릴 만한 분위기도 아니었잖아. 모히칸 머리를 한 사람도, 생긴 건 그래도 착했고."

그리고 아야카는 한숨을 내쉰 뒤에 세이버에게 말했다.

"응, 솔직히, 곡도 나쁘지 않았어. 당신이 너무 난리를 피워 대는 바람에 살짝 식겁하긴 했지만."

"그래? 그건 미안한걸…. 그나저나 저들은 정말 굉장하군! 가사 안에 자신의 고민과 분노를 적었으면서도 단순히 푸념을 하는 것이 아니야. 격정을 표현하는 음에 실어 외침으로써 자신의 존재 그 자체로 세상과 맞서고 있는 거라고! 내가 자주 들었던 것은 위대한 시조왕, 아서 펜드래건과 원탁의 기사의 영웅담을 찬양하는 시곡들뿐이었거든."

과거를 그리워함과 동시에 조금 전과 같이 눈빛을 빛내는 세이버를 보며 아야카는 생각했다.

—이 영웅은, 나랑은 반대야…. 정말 진심으로 즐거운 투로 이런저런 이야기를 해.

—부정적인 생각밖에 못 하는 나와는 딴판이야….

—나 같은 것과 마력이 이어진 탓에 이 사람은 성배를 얻지 못할지도 몰라.

"있잖아."

"응? 왜 그러지? 졸린 거라면 침구가 없나 물어볼까?"

"아니…. 당신은, 성배에 무슨 소원을 빌 생각이야?"

그러자 세이버는 다소 놀란 듯 말했다.

"어라, 별일이군. 아야카가 먼저 성배전쟁에 관해 물어보다니."

"…그냥. 굉장한 이유가 있는 거면… 당신에게 사과해야 할 것 같아서. 나는 성배를 손에 넣는 데 아무런 도움도 안 될 것 같으니까."

그러자 그 말을 들은 세이버는 맹한 표정으로 말을 받았다.

"그런 걸 신경 쓰고 있었어? 이렇게 현현하기 위한 마력을 공급해 주고 있는 네가 도움이 안 될 리가 없잖아."

"미안하게 됐네요. 이래 봬도 성격이 소심하거든."

아야카는 그렇게 말하며 세이버에게서 얼굴을 확 돌렸다.

그런 아야카를 본 세이버는 다소 고민한 후에 입을 열었다.

"성배를 원하는 이유라…. **그건 나도 알고 싶은걸**."

"…무슨 소리야? 성배를 원해서 소환된 거 아냐?"

"평범하게 생각해 보면 그럴 텐데, 소환된 나도 원하는 이유를 또렷하게 모르겠어. …마술사들이 '영령의 좌'라 부르는 건 특수한 곳이라 말이지. 공간은커녕 시간이나 세계선조차도 혼탁해. 어쩌면 앞으로, 혹은 다른 장소에서 소환됐을 때 뭔가 성배를 원할 만한 이유가 생길지도 모르겠지만, 적어도 지금의 내 안에 그에 대한 기억은 없어."

"시간이니 기억이니 하는 이야기는 잘 모르겠지만… 뭔가 없어? 무슨 소원이든 이룰 수 있는 거잖아?"

"생전에 했던 일에 대한 후회가 전혀 없다면 거짓말이겠지만, 성배에 바랄 만한 일은 아니지. 뭐, 손에 넣으면 성육신이라도 해서 본격적으로 이 시대의 음악과 희곡을 배워 보는 것도 괜찮으려나. 별 의미는 없을지 모르지만, 내 영혼이 있던 장소… 조금 전에 말했던 '영령의 좌'에 최대한 많은 노래와 영웅담을 가지고 돌아가고 싶어."

농담인지 진담인지 알 수가 없어서 아야카가 다시 고개를 돌려 보니, 거기에는 진지하게 생각 중인 세이버의 얼굴이 있었다.

그 얼굴을 본 아야카는 그의 말이 본심을 감추기 위한 것이 아님을 알아챘다.

이 세이버는 정말로 모르는 것이리라.

왜, 자신이 성배를 바라는 자로서 소환되었는지를.

"성배를 원하는 이유야 영령마다 다르겠지. 어쩌면 소원이 아니라, 성배에 대한 다른 의도… 이를테면 파괴하고 싶다거나 그런 열망이 있어 나온 영령도 있을지 몰라. 예를 들어, 내가 소환된 곳에 있던 그 어새신 같은 영령이라면 그런 생각을 하고 있어도 이상할 게 없지.”

그리고 세이버는 과거의 자신을 돌아보며 말을 이었다.

“확실히 성배는 위대한 아서왕이 추구했던 물건이야. 아서왕을 존경하는 나로서는 꼭 손에 넣어 보고 싶어. 아서왕의 진짜 묘소에 기증하고 싶은 마음도 있지만… 다른 영웅의 대망을 짓밟고, 타인을 위험에 빠뜨려 가면서까지 손에 넣고 싶은 건 아니야.”

세이버는 말을 마친 뒤, 다소 침묵했다가는 쓴웃음을 지으며 **허공에 있는 누군가**에게 고개를 끄덕였다.

“아아, 그래. 원탁과 연관된 보물에 눈이 멀어 네 화살에 맞은 내가 할 말은 아니지. 하지만 그걸 교훈 삼아 발전했다고 봐주면 안 될까?”

“또 안 보이는 누군가랑 이야기한다….”

아까 전에 했던 약속은 무엇이었나 싶어 탄식하려던 아야카는—.

다음 순간, 그 탄식을 목구멍 안으로 도로 삼키게 되었다.

“소개할게, 잠깐 마력의 통로를 강하게 연결할게….”

말을 함과 동시에 그는 아야카의 오른손에 새겨진 타투를 살며시 만졌다.

"잠깐, 무슨…."

그 순간, 명료한 '풍경'이 그녀의 머릿속을 침식했다.
"아…."
서양의 성인지 요새의 감시탑 같은 장소와 그 중심에서 이쪽을 보고 있는, 온몸에 붕대를 두르고 커다란 활을 손에 든 남자의 얼굴이 보였다.
사냥감을 노리는 매처럼 날카롭고도 다정한 빛을 띤 눈이 붕대 사이로 보였다.
남자는 이쪽을 발견하고는 난감하게 됐다는 듯 시선을 피하더니 살며시 고개를 끄덕였다.

그와 동시에 아야카의 시야는 본래 있던 라이브하우스 안으로 돌아왔다.
"방금 그건…?"
비현실적인 것을 보고 당황한 아야카에게 세이버는 웃으며 대답했다.
"피에르 바질. 엄청난 실력을 지닌 궁병이야."
"누구?"
소개라 한들 이름만 들어서는 뭐가 뭔지 알 수가 없었다. 아야카는 자세한 설명을 요구하려 했지만 세이버의 다음 말을 들은 순간, 금붕어처럼 말없이 입을 뻐끔거릴 수밖에 없었다.

"나를 죽인 남자야."

"…뭐?"

"내가 쓸 수 있는 보구… 아니, 비장의 수는 두 개야. 그중 하나가, 내가 선택하고 저쪽이 동의한 몇몇 녀석들의 영혼을 영령의 좌 같은 데서 복사해 끌어와서, 나와 동행시키는 힘이야."

"……?!"

어안이 벙벙해진 아야카 앞에서 세이버는 선뜻 자신이 영령으로서 지닌 특성에 관해 말하기 시작했다.

"서번트처럼 머리끝부터 발끝까지 실체화시키거나 현현시키는 건 무리야. 그 녀석들까지 현현시키려면 마력이 엄청나게 필요할 테니까. 그야말로 평범한 마술사는 금방 고갈될 정도로 말야."

"아니…, 저기."

"그 대신, 가극장에서 그 여자의 팔을 튕겨 낸 화살이나 경찰서에서 깜깜해졌을 때 사용했던 빛나는 물구슬처럼, 나 자신의 마력을 통해 그 '기술'이나 '마술'로 도움은 받을 수 있지. 그리고 나하고는 평범하게 대화를 나눌 수 있지만 아야카가 접촉하려면 방금 전처럼 따로 마력을 소비해야 가능한 것 같아."

"…아니, 잠깐."

아야카가 뺨을 움찔거리는 것은 이야기의 내용을 이해 못 했기 때문이 아니었다.

마술에는 어둡지만, 최소한의 지식은 '하얀 여자'에게 배운 탓에 무슨 소리인지는 알아들었다.

그리고, 그렇기에 아야카는 세이버의 행동이 납득되지 않았다.

"참고로 말하자면, 또 하나의 보구는…."

"아니, 글쎄 잠깐 있어 봐! 기다려 보라고!"

"왜 그러지?"

큰 소리를 내는 통에 놀라 말을 멈춘 세이버에게, 아야카는 관자놀이를 손가락으로 누르며 말했다.

"아까부터 갑자기 왜 그래?! 당신을 죽인 녀석의 이름을 말하다니, 진명을 가르쳐 주는 거나 다름없잖아!"

"오, 피에르를 아는 거야?"

"…아니, 피에르 씨에게는 미안하지만 모르고, 솔직히 말해서 아직 당신의 진명도 모르겠어. 하지만 역사에 빠삭한 다른 마술사가 들으면 무조건 들통 날 것 아냐?!"

허둥대는 아야카와는 달리 세이버는 고개를 갸웃한 채 "내 지명도, 생각보다 낮은 걸까…."하고 중얼거린 뒤, 진지한 표정으로 고개를 끄덕였다.

"뭐, 누가 들으면 들통이야 나겠지. 하지만 그뿐만이 아니라고. 나는 지금부터 네게 진명을 말할 생각이야."

"대체 무슨 생각이야?!"

"아까 경찰서에서 '진명은 기회를 봐서 가르쳐 주겠다.'고 했잖아? 지금이라면 다른 마술사들이 들을 걱정도 없으니 최고의 타이밍인 것 같은데. 도시에 있는 여관이나 길거리에서는 감시의 눈을 모두 없애기가 어려우니까."

그런 반면, 이 라이브하우스에는 적어도 도청기나 사역마 따위는 없다고 세이버 본인이 말했다. 그렇다면 확실히 밴드맨들이 대기실로 돌아간 지금이 이야기할 기회일지도 모르지만, 그 이전의 문제가 산더미처럼 많았다.

"…이유는 알겠지만, 그만두는 게 좋을걸?"

"어째서?"

의아한 투로 세이버가 묻자 아야카는 힘이 실린 말로 답했다.

"나와 당신은, 마력으로 연결되어 있을 뿐이잖아? 정식 마스터와 서번트의 관계조차 아니라고! 그러니 좀 더 좋은 마스터를 만날 때까지 진명은 숨겨 두는 게 좋을 거야. 나 같은 애한테 말해 봐야 당신한테는 손해밖에…."

아야카는 매우 진지하게 말리려 했으나—.

"나의 이름은 리처드! 노르망디의 군주이자 잉글랜드의 왕이다!"

세이버는 느닷없이 진지한 표정을 짓더니 아야카의 말을 딱 자르고는, 그녀의 저항까지도 모두 포용할 듯 낭랑한 목소리로 자신의 진명을 입에 담았다.

"......"

"뭐, 죽은 지금에 와서는 양쪽 모두 '선대'라 해야겠지만."

어안이 벙벙해 입을 헤벌린 아야카와는 달리 세이버는 다시금 장난꾸러기 같은 미소를 지으며 어깨를 으쓱했다.

"진명이나 지위보다는… '사자심왕—라이온 하트'라는 별명이 더 유명하려나."

×   ×

현재. 숲속.

—나 참, 터무니없는 임금님한테 휘말려 들었네.

진명을 밝힌 후에도 세이버는 지금까지와 같은 태도로 아야카를 대했다.

처음에는 '왕'이라는 단어를 듣고 위축될 뻔했지만 그 후, 밴드맨들이 사 온 패스트푸드를 먹고 감동하거나 라이브하우스 안에서 실컷 음악을 듣는 모습을 본 아야카는, 상대의 생전 지위가 어땠는지 딱히 신경 쓰지 않기로 했다.

—"재즈… 클래식… 블루스… 팝…. 전부 다 최고야! 오오,

파스투렐르, 에스탕피, 데스코르트… 남쪽 시인들의 노래도 새로운 방향성으로 발전한 건가!"

라이브하우스 오너의 취미인지 전 세계의 다양한 음악 CD가 갖춰져 있어서, 세이버는 그것들을 들을 때마다 진심 어린 감동의 말을 연신 토해 냈다.

─"아야카, 네 나라의 엔카라는 것도 서정성이 넘쳐 멋지고, 애니메이션 송이라는 것도 이야기성과 다양성이 넘쳐 좋은걸! 이 나라의 랩이라는 것도 언어를 절묘하게 소리에 싣는 것 같아 절로 무릎을 탁 치게 돼!"

그런 소리를 해 대는 세이버를 보고 있자니 예를 갖춰야 할 임금님이라는 인상이 싹 사라졌다. 하지만 한 사람의 인간으로서는 존경할 수 있을 것 같다고 생각하며, 아야카도 장단을 맞추는 모양새로 온갖 음악들을 들었다.

─"잉글랜드의 음악도 그립게 느껴지는 성가며 민요부터 프로그레시브 록이라는 것까지 다종다양한 것이 실로 재미있어! 음악이 자유롭다는 사실을 재인식하게 돼!"

종국에는 모히칸 청년이 처음에 말했던 우피 골드버그의 영화를 DVD로 보고 '오호, 이게 영화라는 것인가! 희극과는 또 다른 정취가 느껴져 좋군! 아아, 이 성가대는 최고야!'라는 소리를 했고, 결국 아야카는 세이버가 뮤지컬 영화를 보기 시작했을 즈음에 잠기운을 이기지 못하고 라이브하우스에 비치된 소파에서 선잠을 자게 되었다.

그리고 정신이 들어 보니 낮이기에, 모히칸 일행에게 감사 인사를 하고서 라이브하우스를 나오자마자 세이버가 느닷없이 이런 소리를 꺼냈다.

―"좋아, 누군가와 동맹을 맺자."

그리고 영령의 기척이 짙게 느껴진다는 이 숲으로 발을 들여, 남자인지 여자인지도 모르겠지만 여자인 아야카도 숨이 막혀 올 정도로 아름다운 긴 머리의 서번트와 만난 것이다.

세이버는 만나자마자 친근하게 말을 붙였는데, 상대는 딱히 기분이 상하지는 않은 모양이었다.

"그래서? 나를 찾은 이유가 뭐지?"

마주한 영령이 그렇게 묻자 세이버는 아야카 쪽을 흘끔 쳐다보고 나서 입을 열었다.

"아니, 네 진명도 모르고 어떤 영령인지도 모르겠지만…. 여기저기 걸어 다니다 처음 발견한 서번트한테 부탁해 볼까 했거든."

그리고 세이버는 그 제안을 입에 담았다.

사전에 들었던 아야카가 생각해도 역시나 황당무계하게만 느껴지는 한마디를.

"우리랑 동맹 맺을 생각 없어?"

―정말 직설적으로 말했네….

—이 사람이 다스렸던 나라 사람들, 정말 힘들었겠다….

아야카는 작은 소리로 한숨을 내쉬고는 은빛 짐승의 등을 쓰다듬으며 현실도피를 했다.

—아아, 그나저나 이 개, 크긴 해도 사람도 잘 따르고 귀엽다.

그녀가 개라고 믿고 있는 짐승과 놀고 있자 세이버와 마주한 영령이 포근한 미소를 지으며 입을 열었다.

"딱히 상관은 없지만…. 나는 둘째 치고 내 마스터한테 뭔가 득이 될 만한 게 있을까?"

그러자 세이버는 다시 아야카가 있는 쪽을 쳐다보며 어깨를 으쓱했다.

"마스터가 그렇게 소중하면 섣불리 적에게 못 다가가게 하는 게 좋지 않겠어?"

"너야말로… 라고 말하고 싶지만, 피차 그런 일을 걱정할 필요는 없을 것 같네."

"그러게, 피차 수호할 방법은 마련해 뒀겠지만… 정작 마스터들이 저러고 있으니."

—무슨 이야기 중일까.

거대한 나무뿌리에 앉아 있던 아야카는 고개를 갸웃했지만, 무릎에 올라온 은색 짐승의 복슬복슬한 털을 지분거리는 데 정신이 팔려, 일단 그 의문은 뒤로 미뤄 두기로 했다.

—큰 개는 몸도 따뜻하네.

—저 영령이 키우는 걸까?

은빛 짐승 쪽도 아주 싫지는 않은지 아야카의 허벅지 위에 배를 깔고 앉아, 자신의 털을 지분거리는 그녀의 손에 몸을 맡기고 있었다.

그런 한 사람과 한 마리의 모습을 보며, 세이버가 한숨을 내쉬었다.

"좀 더 사람을 경계하는 생물일 줄 알았는데."

"마스터는 인간과 다소 특수한 관계에 있었거든. 인간을 좋아하는 건 아냐. 네 마스터를 좋아하는 건 특별한 경우라 생각해. 아군이나 동료라고 생각하는 모양이야."

"마스터답지 않은 면이 마음에 든 걸지도 모르지. 뭐, 그녀는 실제로 마스터가 아니지만 말야."

그런 농담 같은 소리를 한 뒤, 세이버가 말했다.

"그래서, 동맹을 제안한 이유 말인데… 어젯밤, 도시에서 **마물을 발견했어.**"

"마물?"

"그쪽은 알지 어떨지 모르겠지만, 인간의 피를 빠는, 흡혈종이라 불리는 인류의 천적. 동시에 성당교회의 싸움 상대이기도 하지. …아아, 우선, 성당교회에 관해서는 알아?"

세이버가 근본적인 부분부터 확인하자, 긴 머리카락을 지닌 영령은 살며시 고개를 가로저었다.

"성배가 부여한 지식의 일부에 있는 만큼은 알지. 내 시대에는 아직 성당교회가 없었고, 그 흡혈종이라는 마물은… 글쎄, 피와 살을 먹는 마물은 있었지만 같은 존재일지 어떨지는 모르겠는걸."

"어이쿠, 이거 혹시 역사의 대선배이신가?"

"그렇게 거창한 거 아냐. 다만. 먼저 태어나 먼저 죽었을 뿐이지. 내가 보기에는 나중에 태어난 사람들이야말로 신비에 의존하지 않고 별을 개척한, 경애해 마땅한 선구자야."

"칭찬해 봐야 딱히 줄 건 없는데?"

그렇게 말하며 웃던 세이버는 잠시 후, 미소를 지우고서 입을 열었다.

"이 성배전쟁은 뭔가 이상해. 영령의 좌가 부여한 지식만으로는 설명이 되지 않는 무언가가 일어나고 있는 것 같은 기분이 드는데, 뭐 짚이는 거 없어?"

"……."

"뭔가 터무니없이 성가신 일에 성배전쟁이 휘말려 들었거나… 이용당하고 있는 거라면, 그걸 모두 걷어 내고 다시 시작하는 게 낫지 않을까 싶어서 말이야."

세이버는 그렇게 말하더니 아야카에게 흘끔 시선을 던지고서, 아야카에게는 들리지 않도록 목소리를 죽여 말을 이었다.

"이대로 가면, 설령 내가 진 뒤에 교회로 피해 봐야 아야카가 안전하리라는 보장이 없어. 흡혈종이라면 아무렇지도 않게 교회를 습격할 테니까."

"꽤나 마스터가 소중한가 보네."

"아니, 그녀가 처음부터 의욕적인 마스터였다면 이렇게까지 걱정을 하지는 않았을 거야. 하지만 그녀는 성배전쟁에 참가하기를 거절했는데도 나와 링크가 이어진 탓에 휘말려 들었어. 그 책임을 지지 않고 방치하는 건 나의 일족의 계보를 이은 나라들과 위대한 시조왕의 이름을 더럽히는 짓이야."

세이버가 목소리를 죽인 채 낭랑하게 말한다는 신기한 짓을 해 보이자, 상대 영령은 쿡, 하고 웃으며 고개를 끄덕였다.

"재미있는걸. 너도 임금님이겠지만, 내가 아는 임금님과는 타입이 전혀 달라. 친구가 꽤나 많을 것 같은 면이 특히나."

"그래? 친구는 네가 더 많아 보이는데."

"나는 이 세상에 살아 있는 건 모두 친구라고 생각하거든. 나만 일방적으로 그렇게 생각하는 일도 많지만 말야."

긴 머리를 지닌 영령은 그렇게 말하며 조용히 눈을 감고, 두 팔을 살며시 펼쳐 손바닥이 위쪽을 보도록 돌렸다.

그러자 지면이 끓어오르듯 꿈틀대더니, 솟아오른 곳에서 차례차례 무수히 많은 무구―검과 망치, 도끼와 창 등이 생겨났다.

"하지만 마음속에 든 것까지 터놓을 벗은 한 사람뿐으로 정해 뒀거든."

그 모습을 보고 세이버가 씩 웃었다.

"잠깐, 잠깐. 그래서 교섭은 성립된 거야, 결렬된 거야?"

"물론 성립…이라고 말하고 싶지만 문제가 두 개 있어."

긴 머리를 지닌 영령은 온화한 미소를 띤 채 말을 이었다.

"나의 유일한 그 벗은 상당히 성미가 까다로워서 말이지. 내가 친구를 만들거나 누군가와 손을 잡으려 할 때마다 '벗과 손을 잡기에 걸맞은 자인지, 내가 시험해 주마.'라면서 생트집을 잡아 쫓아내고는 해."

긴 머리를 지닌 영령은 까마득한 과거를 떠올리고는 그리워하며 미소를 지었다.

"네 경우는… 뭐, 평범하게 실력을 시험해 보려 들 거야. 너는 우르크의 백성이 아니니… 약하면 그 자리에서 살해당할 거야. 그의 눈에는 네가 보물을 노리는 도적으로 보일 테니까."

"무슨 이야기인지 알겠다. 혹시 그 '벗'도 이번에 소환된 건가?"

"눈치가 빨라 다행이야. 희망을 품게 해 놓고 나중에 실망시키기는 싫었거든. 네가 그 임금님과 싸울 수 있을지 어떨지, 확인해 두고 싶어. 무리일 것 같으면 그 마물 퇴치는 나 혼자할 테니까, 그때까지 어디 숨어 있도록 해."

땅에서 솟구쳐 나온 수많은 무구가 몸을 기울여, 날 끝을 세이버 쪽으로 집중시켰다.

그 상황에서도 세이버는 떨어진 곳에 있는 아야카와 은랑에게는 날 끝이 향하고 있지 않음을 확인하고는 안도하며 미소를 지었다.

"인심도 좋으시군. 혼자서 할 수 있다면 성배를 확실히 손에 넣기 위해 이대로 나를 죽여 두는 편이 좋지 않겠어?"

"유감이지만 내 소원은 벌써 이뤄졌거든. 남은 일은 친구와 한 약속을 지키는 것뿐이라 너희의 생사에는 관심이 없어."

더없이 온화한 미소로 보였으나 그 표정으로 '나중에라도 관심이 생기면 목숨은 없다'는 의미가 담긴 듯한 말을 토해 내는 영령에게, 세이버는 즐거운 투로 말했다.

"단순한 건 나도 좋아해. 요컨대 너에게, 나의 무력을 증명하면 된다는 거지?"

"잠깐, 당신들, 무슨 소릴…."

그 모습을 보고 있던 아야카가 말을 붙였지만 세이버는 돌아보지 않고 가볍게 손을 들며 대답했다.

"안심해, 아야카. 동맹을 맺기 위한 실력 시험이니까. 약한 녀석과 동맹을 맺고 싶지 않은 건—뭐, 평범한 사람이라면 당연한 심리일 테니."

"…자기는 평범하지 않다는 듯한 말투네."

긴 머리카락을 지닌 영령의 말에 세이버는 난감하게 됐다는 듯 쓴웃음을 지었다.

그리고 눈앞에 있는 영령과 아야카, 양쪽 모두에게 들리도록 큰 소리로 외쳤다.

"확실히 나는 내가 생각하는 것만큼 '평범'하지 않았다는 모양이더라고. 실제로 왕으로서는 국민들과 동생에게 민폐만 끼치기도 했고. 적들에게도 극악무도한 왕이라고 불리기까지 하는 등, 내가 존경하는 호적수와는 모든 것이 정반대였지."

자학적으로 말하던 세이버는 다음 순간, 눈을 황황히 빛내며 말을 이었다.

"정치적인 논리는 알아도 내 속에서 솟구치는 충동만큼은 억누를 수가 없었어."

——?

아야카는 그 말을 듣던 도중 자신의 몸에서 이변이 일어났음을 알아챘다.

—영주가… 뜨거워…?

마력을 연결하는 기점 역할을 하는 아야카의 특수한 영주를 통해 대량의 열과 믿기지 않을 정도로 격렬한 '일렁임'이 흘러들어왔다. 마력을 공급한 대가로 채 억제되지 않은 세이버의 열기가 이쪽으로 흘러들기라도 한 듯.

"…굉장한걸, 상상했던 것 이상이야. 너는 굉장한 영웅일 거야. 땅에서 솟아난 그 수많은 무구들은… 하나도 빠짐없이 인류 최고봉이라 할 수 있는 완성도의 무구들이야. 그걸 전부 나에게 겨누다니…. 하하."

세이버는 그렇게 말하고서 작은 소리로 웃고, 웃고, 또 웃다—다음 순간, 가둬 두었던 열기를 방출했다.

"하하하하하하! 최고야! 아마도 위대할 영웅이여! 이만한 명예는 또 없겠지! 진심으로 감사토록 하지! 너와 성배에게! 그리고….”

　“신의 시대에 살던 전설에 도전할 기회를 주신, 내 시조왕의
모든 머나먼 이상향―아발론에!”

×　　　　×

　어두운 곳.

　“그나저나 이상한 일도 다 있네~”
「뭐가 말야?」
　어둠 속에서 돌아온 서번트의 말에, 프란체스카는 침대 위에
서 과자를 먹으며 대답했다.
　“응, 어째서 ‘그 촉매’를 썼는데 알트 쨩이 아니라 그 이상한
세이버가 온 걸까 싶어서.”
「무슨 촉매를 썼는데?」
　“응, 전설의 검의 칼집이 없어졌다기에 말이야…. 그 칼집이 봉
인되어 있었다고 하는, 칼집과 같은 문장이 박힌 함을 썼어.”
「함?」
　모습을 보이지 않는 영령의 물음에 프란체스카는 뒹굴뒹굴
침대 위를 구르며 고개를 갸웃했다.
　“응, 아인츠베른이 콘월에서 발견했다는, 예쁘게 조각된 돌로

된 '함'. 마력의 흔적이 남아 있기도 했고, 칼집과 같은 문장이
박혀 있어서 분명 알트 짱의 물건일 거라 생각했는데 말야~"

×   ×

대삼림.

갑자기 흥분한 세이버에게 호응하듯, 긴 머리카락을 지닌 영
령은 조용히 미소를 지으며 수많은 '보구'가 꽂힌 대지에 강한
마력을 싣기 시작했다.

그것을 본 아야카가 숨을 죽였다.

—잠깐 있어 봐?!

—저 녀석의 검… 경찰서에 몰수돼서… 맨손인데?!

—아니, 게다가 갑옷도 안 입었는데?!

현재 그는 마력으로 구성된 갑옷을 벗고, 라이브하우스에서
입수한 사복으로 몸을 감싸고 있었다.

아야카의 눈에도 흉악해 보이는 수많은 무구들 앞에서 갑옷
이 얼마나 도움이 될지는 모를 일이었지만, 적어도 사복인 채
싸웠다가는 눈 깜짝할 새에 꼬치구이 신세가 되리라.

허둥지둥 말리려 하는 아야카는 아랑곳 않고, 긴 머리카락을
지닌 영령은 대지에서 무구를 일제히 사출했다.

동시에 세이버가 힘차게 대지를 박차며 칼날의 무리를 향해

돌진했다.

흥분된 표정으로, 매우 즐거운 듯, 유열로 가득한 한마디를 중얼거리며.

"자아…. 전쟁을 시작하자."

×   ×

경찰서.

"어떤가, 캐스터. 그리로 보낸 검을 보고, 뭔가 알아냈나?"

경찰서장이 문자 전화 너머에 있는 영령이 어이가 없다는 듯한 목소리로 답했다.

[알아보고 말고 할 것도 없어. 이건 보구도 뭣도 아냐. 그냥 장식용 검이라고. 뭐, 디자인이 괜찮은 것 같기는 하지만. 이거, 가져도 될까?]

서장이 뒤마에게 보낸 것은 세이버가 경찰서에 두고 간 장식용 검이었다.

설마 자신의 무기를 두고 도망을 우선시할 줄은 몰랐던지라, 서장실로 돌아와서 아직도 책상 위에 있는 것을 봤을 때는 함정이 아닐까 의심했을 정도였다.

"일단은 증거품이다. 횡령할 수는 없는 일이다."

[크아~ 여전히 팍팍 삶은 계란보다 빡빡하구나, 너!]

"그런 것보다, 녀석은 분명 그 검으로 번개와 같은 참격을 내질러, 낙하한 오페라하우스의 잔해를 파괴했다고 한다. 목격한 경관들의 기억조작은 완료했지만, 개중에는 빔포砲 같았다고 한 자도 있었다."

서장은 처음에 오페라하우스의 천장을 파괴한 것도 그 검의 힘일 거라 추측하고 있었다.

서장이 보아도 평범한 장식품에 불과했지만, 캐스터인 뒤마에게 해석을 시켜 보면 뭔가 알 수 있지 않을까 싶었던 것이다.

잘만 하면 그 검을 반환하는 조건으로 세이버와 협정을 맺는 것도 가능하리라 생각했지만, 보구가 아니라면 그 방책은 현실적이지 않으리라.

[빨간 머리가 섞인 금발의 기사라. 그럼 십중팔구 사자심왕이겠지, 뭐.]

"…역시 자네도 그렇게 생각하나, 캐스터."

[그래, 사자심왕은 아주 질려 버릴 정도로 지독한 아서왕의 팬인데 말이지. 어릴 적부터 침대의 머리맡에서 아서왕과 원탁의 기사들 전설을 듣고 자라, 성에서 악사들이 연주하는 음악도 무조건 아서왕을 찬양하는 노래일 정도였지. 젊을 적에는 방탕한 척을 하며 아서왕의 유산을 찾아 이곳저곳을 들쑤시고 다녔다는 설도 있고.]

"그 이야기는, 나도 들은 적이 있군."

영웅이라면 으레 따라붙기 마련인, 후세에 덧붙인 일화 중 하나 정도로만 여겼던지라 서장은 그다지 중요한 이야기는 아니라 생각했지만, 캐스터의 반응은 다소 진지했다.

　[음유시인 문화가 발달한 건 드루이드의 신비를 구전으로 세계에 퍼뜨리고 남기기 위한 기술이었기 때문…이라는 설도 있지만 당시의 노래와 시를 너무 얕보지 않는 게 좋을 거야. 매일 침대의 머리맡에서 들려주면, 그야말로 저주나 축복처럼 인간의 혼을 개조해 놓아도 이상할 게 없는 물건이거든.]

　"…사자심왕은, 비교적 신비로움이 엷어진 시대의 영웅이 아니었나?"

　[대륙에서야 그렇겠지. 하지만 지금의 프랑스 출신이라고는 해도 녀석이 왕이었던 잉글랜드는 바다에 둘러싸여 있어 신비가 새어 나오기 어려운 섬나라다 보니, 생전에 모종의 신비를 접했어도 이상할 게 없어. 지금 현재 마술의 총본산 중 하나이기도 한 '시계탑'이 있는 시점에서 눈치를 깠어야지.]

　캐스터는 거기서 한 번 말을 멈추고는 서장을 타이르듯 묵직한 목소리를 토해 냈다.

　[이봐, 형씨. 사자심왕이 내 시대에 뭐라고 불렸는지 알아? 어쩌면 지금도 그렇게 불리고 있을지도 모르는데.]

　"사자심왕은 일화가 너무 많아 어느 이야기를 말하는 건지 모르겠군."

　또 평소처럼 농지거리나 하려는 건지도 모른다고 생각했지만 캐스터의 말이 가끔씩 중요한 정보를 가져다 준 것도 사실이었다. 서장은 큰 기대를 품지 않고 상대의 말을 기다리기로 했다.

[…【방황하는 왕】이야.]

"아아, 그 이야기였나. 분명 10년이라는 재위 기간 동안 자신의 나라에 있었던 시기는 1년도 채 되지 않았다고 듣긴 했다만…."

[그런 뜻이 아냐. 전장을 얼쩡거렸다는 이유 따위로 붙은 호칭이 아니라고.]

하도 캐스터가 뜸을 들이듯이 말을 하기에 서장은 의아한 투로 물었다.

"……? 모르겠군. 그러면 사자심왕은 대체 어디를 방황했다는 거지?"

[―【신화와 역사의 경계선】이야.]

"……."

그 말에는, 힘이 있었다.

단순한 말에 불구함에도 서장이 무심결에 입을 다물 정도의.

[정령이니 룬 마술이니 하는 게 아직 흔하디흔했던 시대에 한쪽 발을 처박고 있던, 마지막 임금님이라는 뜻이야. 절대 얕잡아 보지 말라고.]

×　　　×

숲속.

전광석화電光石火, 라는 말이 있다.

번갯불이나 부싯돌에서 불꽃이 튀는 속도를 비유적으로 표현한 말이지만, 아야카가 그 순간 본 것은 그야말로 눈에 **각인될** 정도로 격렬한 '전광석화'의 연속이었다.

무수히 사출된, 대지에서 솟구친 무구들.

세이버는 그 모든 무구들 사이를 누비고 움직이며 긴 머리카락을 지닌 영령에게 육박하여, 그대로 날카로운 **라이트 훅**을 박아 넣었다.

"──!"

긴 머리카락을 지닌 영령은 그 즉시 회피했지만 세이버는 그에 맞춰 한 걸음을 내딛어, 좌측 아래서 비스듬히 주먹을 휘둘러 어퍼컷을 내질렀다.

상대는 다시금 회피했지만 떠오른 머리카락 일부에 주먹이 스치자 머리카락 몇 가닥이 팔랑팔랑 땅바닥에 떨어졌다.

주먹을 참격으로 바꿀 정도의, 바람에 휘날리는 머리카락마저 가를 정도로 날카로운 일격이었다.

그대로 한 걸음을 더 내딛어 몸을 날려 긴 머리카락을 지닌 영령이 내지른 흙의 촉수를 피하고, 때로는 그 끄트머리에 생겨나는 무구조차도 발판으로 삼아 가며 프로 복서 뺨치는 연속공격을 상대에게 날려 댔다.

긴 머리카락을 지닌 영령도 굉장하기는 마찬가지였다. 자신의 몸을 향해 날아드는 흉악한 주먹을 타이밍에 맞춰 연신 떨쳐 냈다.

속도 자체는 세이버가 훨씬 빨랐지만 순간적인 근력은 상대가 강한 것인지 세차게 튕겨 나갈 때마다 속도가 떨어져, 결과적으로 동등한 추격전이 벌어지고 있었다.

그러던 중에 다시 흙으로 된 무구의 연속공격이 날아들어, 세이버는 크게 거리를 벌려 태세를 정비했다.

"놀랐어, 빠른걸. 나보다 빠를 줄은 몰랐어. 방금 전 건 혹시 신체강화 마술이야?"

긴 머리카락을 지닌 영령은 고개를 내저으며 재미있다는 투로 말했다.

세이버는 그런 그를 보고 황황히 빛나는 눈으로 대답했다.

"뭐, 내 마술은 아니지만 말이야. 그것보다… 역시 **주먹으로는 안 닿나.**"

"마술은 네 '친구'가 한 것이라 치고… 권투도 배운 거야?"

"조금. 내가 배운 격투술에 오늘 영화에서 봤던 기술을 합쳐 봤는데, 역시 생각만큼 쉽지가 않네. 동맹 상대를 죽일 수는 없는 일이니, 때려서 기절시키려고 한 건데…."

"조금 배우거나 보기만 하고서 그만한 움직임이 가능하다는 건 충분히 굉장한 일이야."

긴 머리카락을 지닌 영령은 미소를 띤 채 그렇게 말하며 살며시 기척을 변질시켰다.

"……?"

기척뿐 아니라 상대 영령의 행동거지, 혹은 몸 전체의 중심점이 미미하게 변했음을 세이버는 알아챘다.

영령이 그런 그에게 말했다.

"랜서의 클래스로서, 조금 진지하게 상대할게."

"세이버야, 잘 부탁해."

서로의 클래스를 밝힌 그들은 씩 웃으며 움직이기 시작했다.

아야카의 눈에는 또다시 불꽃 튀는 연속공격의 광경이 아로새겨졌다.

그녀의 머릿속에 검은 옷차림의 여자가 잔상을 남길 기세로 오페라하우스 안을 박차고 돌아다녔을 때, 세이버가 감탄하며 중얼거렸던 한마디가 떠올랐다.

―'록슬리보다 날쌘 녀석은 처음 봤어'.

하지만. 아야카는 생각했다.

민첩성은 둘째 치고, 단순히 순간적인 속도로 말하자면 그 검은 옷차림의 여자를 웃돌고 있는 것 같다고.

한편, 세이버는 주먹을 연거푸 내지르며 의아해 했다.

―이것 봐, 무슨 요술을 부린 거야?

―이 영령… 조금 전보다 훨씬 빨라졌어…!

그는 알지 못하는 일이었으나―랜서는 조금 전 기척을 바꾼 순간에 '변용' 스킬을 사용해 자신의 내구력과 마력을 한 단계씩 내리고 민첩성을 끌어올렸다.

이로써 속도는 호각이었지만 근력 자체는 떨어지지 않은 탓에 세이버의 주먹은 랜서의 뿌리치기에 서서히 밀려나기 시작했다.

다음 순간, 세이버는 오른손으로 주먹 대신 마력이 담긴 물구슬을 생성해, 섬광처럼 던져서 상대의 빈틈을 이끌어 냈다.

"――!"

하지만 그 빈틈에 상대에게 일격을 가하기는커녕, 이번에는 세이버 쪽에서 거리를 벌렸다.

그는 그대로 땅바닥을 쳐다본 채 닥쳐오는 흙으로 된 촉수와 날아드는 무구를 피하며 근처에 떨어져 있던 굵직한 나뭇가지를 하나 주워 들었다.

그러고는 랜서에게 그 가지를 겨누며 씩 웃었다.

"역시 벼락치기로 익힌 권투로는 무리인가. 지금부터는 클래스에 맞게 검을 쓰도록 하지."

"그 나뭇가지가 검 대신이야?"

랜서가 흥미롭다는 듯 묻자 세이버는 어깨를 으쓱하며 말했다.

"한 번 해 보고 싶었거든. '기사는 맨손으로 죽지 않는다'라고 말하며 주운 나뭇가지 하나로 적을 물리친, 호수의 기사 흉내."

은빛 짐승과 나란히 서서 마른침을 삼키며 두 영령의 전투를 지켜보던 아야카는―.

자신만만하게 나뭇가지를 겨누는 세이버를 보고 적지 않은 불안감에 사로잡혔다.

―잘은 모르겠지만, 설마 그 '흉내'라는 걸 내 보고 싶어서 일부러 맨손으로 덤빈 건 아니겠지?

―…아니지?

식은땀이 아야카의 뺨을 타고 흐른 것을 신호로 삼은 듯한 타이밍에 또다시 대지에서 흙으로 된 무구가 대량으로 사출되어 나뭇가지를 겨눈 세이버에게로 날을 집중시켰다.

조금 전과 같은 속도로 움직인들 모두 피할 수 없을 듯한 밀도였다.

아야카의 눈에는 절망적인 상황으로만 보였다.

하지만 다음 순간―목에서 흘러나올 뻔한 아야카의 비명이 더욱 큰 놀라움으로 막혀 버렸다.

평범한 나뭇가지일 터였던 물건이 눈부신 빛을 내뿜기 시작했기 때문이다.

×　　　　×

경찰서.

[아아, 그리고 말이지. 댁들이 준비한 자료에 의하면 아서왕의 엑스칼리버라는 건 빛의 참격으로 모든 것을 다 날려 버리는… 뭐, 요즘 시대 용어로 말하자면 그야말로 빔포잖아.]

"그래, 그렇기에 나타난 영령은 아서왕이고 그 검이 바로 엑스칼리버인 줄 알았다만….."

서장은 뒤마의 물음에 답하고는 다시 생각에 잠겼다.

엑스칼리버는 신비의 시대에 있던 대장장이가 마술사와 함께 벼린 인간용 보구 같은 것이 아니라, 별의 의지 그 자체가 만들어 낸 신조병기神造兵器라 일컬어졌다.

그것이 사실이라면 과연 그 정도 위력에서 그쳤을까?

그러던 중에 뒤마가 전화 너머에서 유쾌하게 웃어 댔다.

[아니,아니! 형씨의 생각은 의외로 맞았는지도 몰라.]

"무슨 뜻이지?"

[사자심왕은 아서왕 팬 병이 도져도 심하게 도져서 말야…. 전장과 일상을 가리지 않고 자신이 들고 다니는 검에 몽땅 '엑스칼리버'라는 이름을 붙였다더라고. 심지어 검뿐 아니라 손에 들고 싸울 수 있는 물건은 뭐든 다 '엑스칼리버'라고 불렀다지.]

[식사할 때 쓰는 나이프나 둥글게 만 양피지… 하물며 땅바닥에 떨어진 나무막대기까지도 말야.]

×　　　×

숲속.

"'영원히 머나먼 승리의 검―엑스…칼리버'!"

아야카가 그 빛을 본 것은 이번이 세 번째인 듯했다.

천장을 붕괴시키고, 그 후 경관 앞에서 낙하한 잔해를 베어 냈던 빛의 참격.

방금 전 것은 그때보다 빛줄기가 가늘었지만, 빛 속에 압축된 열량이 순식간에 그 몸을 향해 다가오는 무구들을 지워 버렸다.

그대로 조금 전과 같은 속도로 땅을 질주해, 순식간에 랜서의 품안으로 파고들었다.

놀란 표정의 랜서를 아직 빛의 잔재를 두르고 있는 나뭇가지로 베려 했으나―그 일격은 맨손이었을 터인 랜서에게 저지당했다.

"어이쿠…. 호두 깨는 데 편리할 것 같네."

어이가 없다는 듯 말하는 세이버의 시선 끝에 있는 것은, 내지른 나뭇가지를 받아 낸 랜서의 왼손. 그는 손가락을 날카로운 칼날로 변화시켜, 농밀한 마력을 두른 나뭇가지에 반쯤 파고들도록 움켜쥐는 것으로 나뭇가지를 통한 '참격'을 완벽히 막아 낸 상태였다.

"놀라운걸…. 나뭇가지로 이 정도 위력이라니."

"그래서? 시험은 합격이야? 보아하니 아직 실력을 절반도 안 발휘한 것 같은데?"

나뭇가지를 밀어내는 힘을 풀지 않은 채, 세이버가 웃으며 물었다.

세이버는 이 몇 분간의 대결로 알아챘다.

이 영령의 정체는 모르겠지만 자신을 비롯한 다른 영령들과 마찬가지로 '규격 밖'의 존재임을.

"넌 강하구나. 뭐, 내 친구가 뭐라 말할지는 모르겠지만, 만약의 경우에는 내가 그를 말리는 동안 도망치면 어떻게든 될 거야."

"…그 '친구'라는 건 너보다 강해?"

"글쎄? 예전에는 사흘 밤낮 동안 치고받아서 결판이 안 났는데."

대화를 하며 서로 천천히 힘을 풀어서, 결국에는 세이버도 천천히 나뭇가지를 내렸다.

그러자 주변을 감쌌던 마력이 빠져나감과 동시에 나뭇가지는 흐슬부슬 무너져 내렸다.

"아아, 역시 나무로는 한 번이 한계인가."

세이버는 한숨을 내쉰 뒤, 아야카가 있는 쪽으로 걸어갔다.

"잠깐…. 괜찮은 거야?!"

'실력 시험'이 끝났음을 알아챘는지 아야카도 허둥지둥 이쪽으로 달려와, 세이버의 몸에 상처는 나지 않았는지 확인하기 시작했다.

"놀라게 하지 좀 마! 왜 갑자기… 그건 실력 시험 같은 게 아니라 완전히 죽고 죽이는 싸움이었잖아!"

"이야…. 뭐, 세상에는 목숨을 걸어야 하는 실력 시험도 있는 거야. 내가 아는 기사는 '그림자의 나라에 가서 실력을 시험하고 오겠다'며 스코틀랜드로 가던 도중에 팔천 명이나 되는 산적에게 포위되어 죽었다더라고."

"그런 지어낸 이야기로 얼버무리지 마!"

"어떻게 지어낸 이야기라는 걸 알아챘지?! 그래…. 산적에게 살해당한 건 기사가 아니었고, 팔천 명의 폭도에게 괴롭힘을 당한 민초도 없었어. 다행이야…. 정말 다행이야…!"

억지로 화제를 딴 데로 돌리려 하는 세이버를 보고 랜서가 상쾌한 미소를 지은 채 아야카에게 말했다.

"용서해 줘, 그는 너를 위해 여러모로 무리를 한 거지만, 솔직하게 그렇게 말하지 못하는 것뿐이야."

"뭐…?"

랜서의 말을 들은 아야카는 그대로 굳어져 버렸다.

"너… 아니, 당신. 분위기 파악 못 한다는 소리 자주 듣지?"

"신에게는 자주 들었어. 소를 퇴치했을 때는 정말 난리도 아니었지."

"소를 퇴치해? 이야, 그 이야기는 좀 더 자세히 듣고 싶은걸!"

세이버는 어떻게든 화제를 돌리려 했지만 하나로 땋은 뒷머리를 아야카가 잡아당겼다.

그것도 있는 힘껏 체중을 실어서.

"아야야야야! 잠깐, 하지 마, 아야카! 아파, 아파! 알겠어, 내가 잘못했어!"

눈물 맺힌 눈으로 돌아보니 그곳에는 눈물이 그렁그렁해져서 화를 내는 아야카의 모습이 있었다.

"왜… 그런 짓을 하는 거야?"

"왜냐니."

"알아. 구체적으로는 모르겠지만, 당신이 정말로, 나 같은 걸 위해 무언가를 해 주려 하고 있다는 건 안다고…. 하지만, 난 그런 건 바라지 않았어!"

"말했잖아? 네가 거절해도 나는 멋대로 널 돌봐 줄 거라고."

세이버가 어깨를 으쓱하며 말하자 아야카는 다시 외쳤다.

"마력이 필요하면, 마술이든 뭐든 써서 나를 입 다물게 만들어 마력을 공급하는 인형으로 만들면 그만이었잖아! 그런데, 나를 걱정해 주고… 구해 주고…. 나 같은 걸 믿고 진명을 밝히기까지…. 아아, 아냐. 당신에게 감사는 해. 감사한다고."

감사받을 만한 일도 아냐, 하고 말하려던 세이버는 일단 입을 다물고 아야카가 하고 싶은 말을 하게 두기로 했다.

"하지만… 나한테는, 그럴 가치가 없어! 나는 누군가의 보호를 받거나, 믿음을 받을 만한 자격이 없다고!"

고함을 치는 아야카의 뇌리에 떠오른 것은―빨간 두건을 쓴 소녀.

피 흘리는 소녀의 모습을 떠올릴 때마다 마음속에 목소리가 울려 퍼졌다.

자신이 얼마나 천박하고 비겁한 인간인가를 비난하는 목소리가.

"이만큼 다정하게 대해 줬는데도, 나는 분명, 당신을 배신할 거야! 내 한 몸 지키자고, 당신을 두고 도망칠지도 몰라. 적에게 당신을 팔아넘길지도 몰라!"

―그래, 맞아. 나는 배신했어.

―나는 내버렸다고.

―그, 세미나 맨션에서… 그 녀석을….

과거를 떠올리자 두통이 밀려듦과 동시에 심장이 쿵쾅대기 시작했다.

세이버는 작은 소리로 한숨을 내쉬고는 난감하게 됐다는 투로 입을 열었다.

"나를 팔아먹을지도 모른다니…, 아야카 넌 정말로 사소한 일만 신경 쓰는구나."

"사소한 일이라니…."

"암, 사소하고말고. 흔한 일이야. 피를 나눈 동생도 한 번은 나를 적국인 로마에 팔아먹으려 했다고. 그 녀석은 내버린 정도가 아니라 적에게 돈을 쥐여 주면서까지 나를 해방시키지 말라고 했다고."

세이버는 위로나 동정이 아니라 정말로 태연하게, 자신의 가족에 관한 이야기를 하기 시작했다.

"동생이…?"

아야카는 무거운 내용의 사실을 듣고 충격을 받았다.

"이야~ 힘들긴 했지만 어찌어찌 나라로 돌아와 보니 동생 녀석, 내가 죽었다고 해 가면서까지 왕위를 찬탈하려고 했는데 귀족들에게도 국민들에게도 외면받아 실패했더라고. 뭔가 반대로 엄청 불쌍하게 보이지 뭐야. 애초에 내 낭비벽 때문에 고생을 하기도 했고…."

"하, 하지만, 그건, 나랑은 상관없잖아…."

아야카는 속을까 보냐 하고 입을 열었지만, 세이버는 그 말도 뚝 끊어 놓았다.

"상관있어! 너뿐이 아냐. 나는 누군가가 나를 배신해도, 팔아먹어도, 곁을 떠나도 이상할 게 없는 삶을 살아왔어. 혹시나 해서 묻겠는데, 나를 착하기만 한 사람이라고 착각하는 건 아니겠지?"

"몰라, 그런 거. 당신이 뭘 해 왔는지 내가….."

"…전쟁이야."

다소 자랑스럽게, 그러면서도 어딘지 서글픈 말투로 세이버
는 말했다.

"내가 할 수 있는 일은, 그것뿐이었거든."

세이버가 그 이상 자세히 말하기를 꺼리자 아야카는 뭐라 말
을 하면 좋을지 알 수가 없어져서, 더더욱 자기혐오에 빠질 뻔
했으나─.

"끄응."

은빛 짐승이 발치로 다가와 아야카의 정강이에 뺨을 비볐다.
마치 초조함에 사로잡힌 아야카를 달래 주듯이.

"……."

그러자 그때까지 입을 다물고 있던 랜서가 은빛 짐승의 등에
손을 얹으며 말했다.

"자아, 나와 동맹을 맺겠다던 사람들이 그렇게 시무룩한 얼
굴들 하고 있지 말라고. 나무열매나 과일이라도 괜찮으면 좀
먹을래?"

"아아, 먹을게. 고마워."

세이버가 내민 손에 야생 과일을 얹어 놓은 뒤─랜서는 조
금 떨어진 곳에 자리한 숲에 대고 물었다.

"괜찮으면 **너도 들겠어?** 아까부터 계속 이쪽을 보고 있는데,
배고프지 않아?"

"…어?"

"뭐라고?"

아야카와 세이버가 휘둥그레진 눈으로 고개를 돌린 순간, 숲에서 한 인물이 나타났다.

"……."

그것은 바로, 아야카와 세이버가 만난 장소에 있던, 그 검은 옷차림의 영령이었다.

"앗?!"

"놀라운걸, 이번엔 나도 알아채지 못했는데."

세이버는 그렇게 말하며 언제든 싸울 수 있도록 온몸의 신경을 곤두세웠다.

어새신으로 보이는 검은 옷차림의 영령은 얼굴을 뒤덮은 천의 틈새로 복잡한 표정을 지은 채 이쪽을 노려보더니—.

느닷없이 말했다.

"사자심왕… 리처드인가."

"바로 맞혔어."

"잠깐…."

아야카는 허둥지둥 제지했지만 세이버는 고개를 가로저었다.

"지금까지 이것저것 다 들었을 테니, 숨기는 게 더 귀찮을 거야."

태연하기만 한 세이버의 말에 아야카는 유달리 커다란 한숨을 내쉬었다.

그러자 그런 두 사람을 바라본 채 어새신이 말했다.

"이야기는… 들었다."

그리고 이런저런 망설임을 겨우 뿌리친 어새신 소녀는 피가 배어 나올 정도로 주먹을 세게 움켜쥔 채 입을 열었다.

"너희는… 마물을 쓰러뜨릴 거냐?"

그러자 세이버는 진지하게 대답했다.

"사람들에게 해를 입힌다면. 생전에… 그 녀석들, 흡혈종의 동류에게 경애하는 호적수와의 싸움을 방해당한 적도 있고, 부하를 수없이 살해당하기도 했으니까…."

그는 까마득한 과거가 그립기도 분하기도 하여 입을 다문 후, 각오를 굳힌 듯 다시 말을 입에 담았다.

"그때는 전장에서 만날 예정이었던 나와 호적수와… 너희의 수장… '산의 노인' 셋이서 간신히 없앨 수 있었지만 말이지."

"나도… 그렇게 전해 들었다. 동시에… 네가 얼마나 **무시무시한** 남자였는지도."

어새신 소녀는 당장에라도 덤벼들 것만 같았다.

세이버도 경계를 풀지 않아 일촉즉발의 분위기인 듯 느껴졌으나—랜서가 그런 분위기는 아랑곳 않고 입을 열었다.

"자아, 그러면 동맹을 맺는 데 지장을 줄 '또 하나의 문제' 말인데."

"…깜박하고 있었네."

"실은 나도 이 도시에서 제거하고 싶은 '마물'이 몇 있거든.

벗과의 약정을 지키기 위해 말이야."

"…당신이 말하는 '마물'이라는 건 흡혈종보다도 성가실 것 같은데?"

"그렇지는 않아. 지금은… 그냥 검은 '저주'와… 그냥, 검붉은 '진흙' 덩어리에 불과하니까…."

랜서는 어쩐 일로 얼굴에서 미소를 지운 채 걱정 어린 표정으로, 자신이 오늘 하루 동안 느낀 '기적'에 관해 말했다.

"만약 그 두 가지가 '융합'해서 성배에 배어들면…."

"성배뿐 아니라 이 별 자체가 조금 위험해질지도 몰라."

9장

『1일차. 저녁.
말은 아직 파리해지지 않았고,
진흙은 아직 침식하지 않았으니』

미국 당국에 접수되는 실종신고는 연간 수십만 건을 넘는다.

정말 1년에 그만한 수의 인간이 사라졌는가 하면 그렇다고도, 아니라고도 할 수 있으리라.

수십만이라는 숫자가 센세이셔널한 뉴스거리가 되어 일본에서 보도되는 일도 있었으나 실제로는 그중 절반이 그날 중, 혹은 며칠 내에 발견되며 1년 이상 실종 상태가 계속되는 자―요컨대 정말로 모습이 사라져 버린 자들의 수는, 그중 1할도 채 되지 않는다. 대략적으로는 연간 수만 명 전후라고 알려져 있었다.

수만 명이라 해도 간과할 수 없는 숫자이기는 마찬가지였지만, 그 사실을 떠나서 성배전쟁이 일어나기 몇 년 전부터 **그 숫자에 이상이 발생하기 시작했다.**

그것은 어떠한 의미에서는 완만한 변화라―아무도 그 본질을 알아채지 못했다.

이상 사태를 일으킨 장본인만 빼고.

×   ×

'진흙'이라 불리는 일그러진 마력 덩어리가 있다.

프란체스카가 후유키에서 '대성배를 구성한 것의 일부'를 훔처 낼 때 대성배에서 함께 추출된 것이었다.

'진흙'은 제3차의 기억을 계승한 팔데우스에게는 낯익은 성질을 띠고 있었다.

종래의 순수한 성배에, 그런 의지를 지닌 마력 덩어리 같은 것은 혼합되어 있지 않았다.

팔데우스는 먼 친척의 기억을 더듬어 그 진흙의 정체를 즉시 알아챘다.

동시에 당장 그 '진흙'을 격리시켜야 한다고 제안했다.

하지만 격리나 처분, 혹은 정화를 하라는 명령이 떨어지는 일은 없었다.

상층부와 협력자들은 그 '진흙'에 관심을 보였다.

성배를 통째로 오염시키고 70년도 더 지난 지금도 새로운 성배를 오염시킬 만한 힘을 유지하고 있는 '인간의 악성惡性'. 다시 말해 제3차 성배전쟁에서 어느 '복수자'를 구성했던 한없이 순수하고, 한없이 탁한 바람 그 자체에.

프란체스카가 적응성이 있는 인간의 **장기 사이**에 몇 년간 보관해 왔다는 그 '진흙'에 가장 큰 관심을 보인 것은 스크라디오 패밀리의 보스, 가르바로소 스크라디오였다.

그는 말했다.

—"버즈디롯이라면 그 독소毒沼를 제어할 수 있을 것이다." 라고.

팔데우스는 당연히 반대했지만 하필이면 소유자인 프란체스카가 그 제안을 받아들이는 바람에 이야기가 성가신 방향으로 굴러가기 시작했다.

몸에 받은 자는 모두 광기에 사로잡힌 채 육체까지 진흙에 침식당해 소멸했다.

하지만 버즈디롯은 진흙을 몸에 받고도 아무런 변화도 보이지 않았다. 침식을 당하기는커녕 자신의 마력을 먹이 삼아 서서히 그 진흙의 양을 불려 나가고 있다고 했다.

스크라디오 패밀리는 '자신의 정신에 지배마법을 걸어 제정신을 유지한 채 진흙을 제어하는 것은 버즈디롯의 마술사로서의 실력 덕분'이라고 칭찬했지만, 팔데우스는 알았다.

버즈디롯이 자신의 마술로 진흙을 제어하여 배양하고 있다는 사실에는 의심의 여지가 없으리라.

분명 진흙에 마음을 지배당하지 않도록 남다른 노력을 계속하고 있으리라.

또한 그는 이해했다.

스크라디오 패밀리의 칭찬에 한 가지 착오가 있다는 사실을.

그는 제정신을 유지한 채 진흙을 제어하고 있는 것이 아니리라.

버즈디롯이라는 이름의 남자는 이미 진흙을 몸에 받기 전부터, 어쩌면 처음부터 인간으로서 망가져 있었던 것이리라.

×   ×

스노필드 공업구역. 지하.

"…돌아왔나."
식육공장 지하에 입구가 있는 광대한 마술공방의 한구석.
버즈디롯이 기척을 느끼고 몸을 돌려 보니 자신의 서번트인
알케이데스가 서 있었다.
아처와 어벤저, 후천적으로 이중의 존재가 되었다 해야 할
영령 앞에서 버즈디롯은 물었다.
"소문이 자자한 영웅왕은 어땠지?"
"…강하더군. 이쪽의 도발에도 마음이 흐트러지지 않았다.
때때로 격앙되기는 했으나 표면적인 것에 불과할 거다."
"프란체스카에게는 자만심에 절은 격정적인 왕이라 들었다
만… 역시 녀석의 정보를 곧이곧대로 믿는 건 위험한 짓인 것
같군."
그들은 몰랐다.
엘키두라는 영령의 존재로 인해 영웅왕이 전에 없이 마음이
들떠, 과거 소환되었을 때보다 훨씬 관대해진 상태라는 사실을.
뭐, 영웅왕의 성격이 어떻건 그들에게는 그렇게 중요한 문제
가 아니었지만.

잠시 정적이 흐른 뒤, 이번에는 알케이데스가 마스터에게 물었다.

"마스터여, 네놈의 마력의 근원은 뭐냐? 일반적인 마술사라면 그 '산제물의 진흙'을 유지하는 것도 버거울 터인데."

"내 마력이 고갈될까 걱정되는 거냐?"

"나의 보구의 **숫자와 성질**은 알고 있을 텐데."

"……."

보구를 얼마나 윤택하게 사용할 수 있는가 하는 것은 서번트 간의 전투에서 승패를 판가름하는 중요한 요소로 작용하는 일이 많았다.

하지만 마력의 통로가 연결된 지금도 알케이데스는 마스터의 '바닥'을 느낄 수가 없었다.

정확히 말하자면 마술회로 전체의 보유량은 대략적으로 감지할 수 있었으나, 명백히 그것을 상회하는 양의 마력이 통로를 통해 흘러 들어오고 있었다.

"간단하다. '전지'를 사용하고 있을 뿐이다."

버즈디롯은 그렇게 말하며 품안에 손을 집어넣었다.

그의 품안에서 야구공보다 조금 큰 크기의 물체가 나타났다.

얼핏 봐서는 무엇인지 알 수 없었지만, 알케이데스는 그 정체를 알아채고는 작은 소리로 신음했다.

버즈디롯의 오른손에 들려 있는 것은 투명하면서도 복잡하게 빛을 반사하는, 신비한 분위기를 띤 결정체였다. 보석마술사들이 쓰는 마술광석과도 비슷했지만 그러한 광석에 비해 몇 단계는 더 순도가 높아 보였다.

알케이데스는 그 특징적인 결정을 본 적이 있었다.

일찍이 그리스의 마녀들이 대기에 충만한 마력을 물질로 정련精鍊한 것—'마력결정'이라 불리는 물건과 같은 것인 듯 보였다.

그렇다면 버즈디롯이 지닌 막대한 마력은 그 마력결정에서 비롯된 것이라는 뜻이 되었다.

이 결정은 마력을 비축해 둔 건전지 같은 것이었지만 마술사와 서번트의 오드를 향상시키거나 급속히 회복시켜 주는 물건은 아니었다. 대부분은 마술을 행사할 때 그 마력을 외부에서 끌어와 보태는 용도로 사용되었다.

하지만 버즈디롯은 그 마력을 일단 '진흙'으로 오염시킴으로써 체내로 거두어들여, 그대로 서번트와 연결된 통로로 흘려보내는 편법을 사용하고 있었다.

평범한 이였다면 그 일그러진 마력에 뇌까지 오염되어 발광을 해도 이상할 것이 없는 방법이었지만, 버즈디롯은 '지배'의 마술을 자신에게 거듭 거는 방식으로 제정신을 유지하며 고통 그 자체라 할 수 있는 검은 마력을 다루고 있었다.

알케이데스는 마술사로서의 재능은 없었지만 아르고호號 원정 등을 통해 나름의 지식을 보유하고 있었다.

그가 봤을 때 버즈디롯의 수법은 금방 이해할 수 있는 것이기는 했으나 그가 가진 지식으로는 설명이 되지 않는 점이 두 가지 있었다.

마력결정을 생성하는 것은 현대 마술사들의 기술로는 불가능하지 않은가 하는 점.

그리고 지금 손에 들고 있는 크기 정도의 마력결정은 비교적 빨리 고갈되고 만다는 점이 바로 그것이었다.

그런 서번트의 의문에 답해 주려는 것인지 버즈디롯은 무표정하게 자리를 떴다.

"…마력에 관해서는, 신경 쓸 것 없다."

그대로 지하공방으로 이어진 통로를 나아가자 유달리 광대한 공간이 나타났다.

알케이데스가 소환되었던 장소보다 훨씬 넓은, 지상에 있는 공장이 그대로 지하로 내려앉은 듯한 공간이었다.

그리고 알케이데스는 보았다.

그 구획의 중앙에 자리한 기묘한 기계며, 그와 이어진 원통형 수조를 무수히 배치하여 현대의 기계기술로 소환진을 구성한 듯한 분위기를 풍기는 설비를.

나아가 그 방의 한구석에 성의 보물고를 방불케 하는 광채를 띤 작은 무더기가 있는 것도.

투명한 결정 덩어리가 마치 보석 더미처럼 방 안에 쌓여 있었다.

"저건 극히 일부에 불과하다."

버즈디롯의 부하들이 모종의 작업을 하기 시작하자―수조 안에 떠올라 있던 사람의 형상을 띤 덩어리가 거품이 되어 사라지더니, 중앙에 있는 장치 위에 야구공보다 조금 큰 마력결정이 출현했다.

"…제물인가."

모든 것을 이해한 알케이데스가 묻자 버즈디롯은 담담히 말했다.

"아트럼 갈리아스타라는 남자가 개발한 시스템을 스크라디오 패밀리가 빼앗아 개량한 물건이다. 아트럼이라는 남자는 이런 것을 개발하는 데는 천재였다만, 마술사로서의 기량은 낮았지. 효율을 높이기 전에 후유키에서 있었던 투쟁에서 덧없이 죽었다더군."

"과연, 네놈이 내게 흘려 넣은 것은, 인간의 목숨을 제물로 만든 마력이었나."

"스크라디오 패밀리는 적대 세력이 넘쳐 나서 말이다. 제물을 쓰는 게 마음에 안 들면 나를 이 자리에서 목 졸라 죽일 테냐?"

버즈디롯이 사신이라기보다는 죽음 그 자체를 상기시키는 눈으로 묻자, 알케이데스는 곧장 고개를 가로저었다.

"올림포스의 폭군들을 향한 복수심 앞에서는 사사로운 일에 불과하다. 설령 제물로 바쳐지는 것이 나의 목숨이라 해도."

그리고 온몸으로 검붉은 마력을 뿜어내며 신들에 대한 원망
이 서린 말을 입에 담았다.

"녀석들은 혼을 제물로조차 삼지 않고… 한낱 질투로 내 자
식들의 목숨을 불구덩이 속에 집어넣었으니."

×   ×

경찰서.

[이봐, 형씨. 나는 세이버보다 그 호텔을 습격했던 아처 쪽이
더 신경 쓰이는데 말이지.]

"…정말 귀도 밝군."

[어벤저랬던가? 꽤나 성가신 것의 조각을 가져온 모양이더
구먼, 프란체스카 그 아가씨.]

"하지만 후유키에서 있었던 제3차 성배전쟁에서 그 서번트
자체는 일찌감치 패퇴했다고 들었다. 인간의 증오며 분노를 아
무리 쌓아 올린들 결국 고위 영령들에게는 못 이기는 건가?"

자신들은 망집이며 원한만으로 싸우려는 것이 아니었다.

하지만 분노며 원한 같은 부정적인 감정에 강한 힘이 있다는
것 역시 부정할 수 없는 사실이었다.

그것이 전혀 통하지 않는다면, 향후의 방침을 재검토해 볼 필요가 있으리라.

소장이 그런 생각을 하던 참에 뒤마가 웃으며 대답했다.

[행! 복수심이라는 걸 지나치게 얄보고 있군, 서장 양반. 극에 달한 복수심이란 녀석은 그것만으로 일종의 저주라 할 수 있다고. 현대에 남은, 마술을 사용하지 않는 신비의 일종이라 할 수 있을 정도지. 실제로는 신비도 뭣도 아닌 사람의 감정에 불과하지만 말이야.]

"저주라."

[그래. 이 저주가 성가신 점은 복수심이 정당하면 정당할수록, 그걸 추구하면 추구할수록 기분이 좋아진다는 점이야. 원한이 저주라면 거기서 비롯된 카타르시스란 놈은 마약에 빗댈 수 있다고. 한번 맛보면 좀처럼 헤어날 수가 없지. 복수자 본인은 물론이고 그걸 책이니 희극 따위를 통해 멀리서 바라보는 녀석도, 타인의 복수극을 책으로 내서 한몫 잡은 작가도 말이야! 하핫!]

뒤마의 말을 들은 서장은 얼마간 생각한 뒤, 눈살을 찌푸리며 물었다.

"…혹시나 해서 묻겠다만, 있는 건가? 그 암굴왕의 모델이 된 자가."

[글쎄. 모델 중 한 명은 내 아버지일지도 모르지만, 에드몽 당테스가 실존했는지, 정말로 보는 녀석들의 가슴을 뛰게 할

만한 복수에 성공했는지, 마지막 순간에는 복수를 포기했는지, 애초에 보물이 정말 실존하기는 했는지. 모든 건 신께서만 아시는, 베일에 싸여 있는 일이지. 아아, 하지만 내가 그 소설로 한몫 챙긴 건 사실이야! 하하하하하!]

"…모델이 된 남자가 있어서 만약 지금의 자네를 만나면, 총으로 쏴 죽여도 할 말이 없겠군."

서장이 빈정대자 뒤마는 [그럴지도 모르지.] 하고 말하고는 계속해서 웃어 댔다.

[서번트 짓을 하다 보면 언젠가는 만날 일도 있을지 모르지만, 그때는 그때. 당신 덕에 당신을 함정에 빠뜨린 악당들보다 훨씬 큰돈을 벌었다고 해 줘야지! 하핫!]

"내가 만약 그러면 자넬 두들겨 팰 기회를 계속해서 엿보겠지. 뭐였더라, 분명… 그런 대사가…."

서장이 생각하기 시작하자 뒤마가 허둥지둥 그를 제지했다.

[이봐, 하지 말라고! 어디 작가 앞에서 본인이 쓴 대사를 읊으려 들어! 엉겁결에 더 좋은 대사가 떠올라서 개고하고 싶어지면 어쩌려고! 이젠 그러지도 못하는데!]

그리고 대충 진정한 뒤, 뒤마는 다시금 복수라는 이름의 저주에 관해 말하기 시작했다.

[어쨌든 조심하라고, 형씨. 억하심정에서 비롯된 것이 아닌 정당한 복수라는 건, 보는 사람에게도 쾌락을 안겨다 줘. 그 저주는 그렇게 전염된다고. 복수가 어려우면 어려울수록 그 힘

은 강해지지.]

[어쩌면 당신들이 노리고 있는 황금 번쩍 임금님도 어디서 불쑥 튀어나온 평민의 복수에 집어삼켜질지도 모른다고.]

×　　　×

호텔. 크리스탈 힐. 최상층.

"흠, 꽤나 의욕적인 듯하군. 숲의 형태가 낮에 봤을 때와 전혀 달라졌어."

깨진 유리가 여기저기 널려 있는 스위트 룸.

고지대인 탓에 들이치는 강풍은 티네의 마술결계로 막았고, 나아가 결계를 여러 겹으로 쳐서 외부에서는 가짜 풍경이 보이도록 조정을 해 두었다.

습격을 당한 직후이기는 했지만 길가메시가 '한두 번 화살이 날아든 정도로 높은 곳에서 내려가는 왕이 어디 있다는 말이냐.'라는 소리를 하는 바람에 티네의 부하들이 공사업자 등에게 암시를 걸어 가며 간신히 이곳으로 돌아온 참이었다.

그리고 영웅은 주변 사람들의 고생은 아랑곳 않고, 도시 옆에 자리한 대삼림을 보자마자 신이 난 듯이 말했다.

"아무래도 나의 벗도 좋은 몸풀기 상대를 발견한 모양으로

군! 이거 기대되는구나!"

영웅왕은 팔짱을 낀 채 신이 난 얼굴로 도시를 내려다보았다. 앞으로 시작될 투쟁을 생각하자 마음이 들뜬 것인지 어쩐 일로 티네에게 다음과 같은 말을 했다.

"티네여. 마력을 충분히 모아 둬라. 어중이떠중이 같은 잡종들을 상대로 에아를 뽑아 들지는 않겠지만, 앞으로 할 일에 얼마나 되는 마나를 소비하게 될지는 나 자신도 상상이 안 되니."

힘찬 영기로 가득한 눈을 한 채 그런 말을 하는 영웅왕의 모습에 티네는 순간적으로 놀랐으나, 금방 각오를 굳히고는 힘껏 고개를 끄덕였다.

"마음껏 힘을 발휘해 주십시오. 설령 이 몸과 영혼이 스러진다 해도—."

그리 말하던 참에 길가메시가 다소 매서운 목소리로 티네의 말을 가로막았다.

"웃기는 소리 마라. 왕인 내게 신명身命을 바치는 것은 네 자유다만, 네놈처럼 미숙한 영혼을 받은들 하나도 기쁘지 않다."

"……."

"게다가 네놈의 몸이 빨리 스러지면, 내가 벗과 마음껏 여흥을 즐길 수가 없지 않느냐. 아니면, 이 몸에게 네놈에 필적하는 마력을 지닌 가신을 새로이 찾는 수고를 끼칠 셈이냐?"

"그, 그런 뜻으로 드린 말씀이 아닙니다…!"

티네가 허둥지둥 부정하자 영웅왕은 쓴웃음을 지으며 말을 이었다.

"이 몸에게 신명을 바치고 싶거든 이 전쟁의 종언… 나의 벗과 약정한 순간까지 그에 걸맞은 영혼이 되게끔 노력해라. 그리하면 나는 영령의 좌에 기억 하나를 가지고 돌아갈 것이다. 이번 전쟁에는 충신이라 할 만한 자가 있었다는 기억을 말이다. 이는 우르크의 백성이 되는 것에 버금가는 칭찬이다."

"노, 노력하겠습니다! 앗….."

무의식중에 큰 소리를 낸 직후, 티네는 허둥지둥 태도를 고쳤다.

"죄송합니다, 지금은 아직, 그 여자 기병에게 적으로조차 인정받지 못하는 주제에 큰소리를 쳐서…."

다소 자학적으로 말하는 티네를 본 길가메시는 고개를 갸웃했다.

"그 기병 계집에게 얕보인 것을 신경 쓰고 있는 것이라면, 그것은 오만이다."

영웅왕이 당황한 티네의 마음속을 들여다보기라도 한 듯 대담한 미소를 지으며 입을 열었다.

"네놈이 각오가 되었건 어떻건, 강자의 앞에 서면 어린아이는 어린아이에 불과하다는 뜻이다. 물론 내가 보아도 네놈은 각오가 됐고 안 됐고를 떠나 한낱 어린애에 불과하다."

"하지만 저는…."

"상대가 긍지 높은 기사라면, 녀석들은 나이나 생김새를 가리지 않고 예를 갖춰 상대할 것이다. 하지만 티네여, 너는 각오는 되었을지 몰라도 아직 긍지 높은 자라 하기는 어렵다. 명확한 죽음 앞에 서면 각오는 그야말로 누구든 다질 수 있다. 하지만 자존심을 가지지 못한 자는 노령에 달한들 끝내 가지지 못한다."

"……."

자신도 그런 긍지를 가질 수 있을까 싶어 불안해진 티네의 마음일랑 알 바 아니라는 듯, 영웅왕은 스위트룸의 와인셀러에서 고급품을 한 병 꺼내어 신이 나서 마개를 뽑으며 유들유들하게 말을 이었다.

"그러한 의미에서 네놈은 운이 좋다. 일시적이나마 이 몸의 신하가 되었으니. 며칠만 지나면 최고이자 유일한 왕을 섬기며 나의 영광을 그 눈에 새길 수 있었다는 사실을 자랑할 수 있게 될 것이야. 뭐, 나는 왕이기에 긍지 높은 '전사'의 마음이라는 것은 모르겠지만 말이지."

티네는 하염없이 자기중심적인 말을 쏟아 내는 왕을 보고 있자니 어이없는 단계를 초월해 '잘은 모르겠지만 정말로 세상이 자신의 소유라고 생각하고 있나 보다'하고 감동하기에 이르렀다.

자신의 감각이 서서히 마비되어 가고 있다는 사실을 알아채지 못한 채, 그녀는 문득 신경 쓰였던 일이 있었음을 떠올리고는 큰맘 먹고 영웅왕에게 물어보았다.

"황송하오나 왕이시여. 그 영광의 일부로 어떻게 후유키에서 있었던 제4차 성배전쟁에서 승리했는지 들려주시겠습니까."

그러자 영웅왕은 빙긋 웃으며 와인 잔을 돌려 향을 돋웠다.

"이것 참, 티네여. 그건 내가 아니었더라면 성립되지 않는 물음이었을 것이다. 후유키인지 하는 곳의 시스템대로라면, 이전에 다른 곳에서 소환되었던 때의 기억은 남지 않도록 되어 있으니."

"과거의 일이라도… 말씀이십니까?"

영령의 좌에는 과거와 미래라는 개념이 없었다.

모든 기억이 유지되게끔 했다가는, 예를 들어 '지금 참가 중인 성배전쟁의 결과를 안다'는 모순이 발생하기에 보통은 '영령의 좌'가 소환되는 장소와 시간에 맞춰 기억을 동기화하는 모양이었다.

"세계의 모순을 조금이라도 억제하려 하는 '영령의 좌'가 마련한 고육지책일 테지만, 수많은 미래를 내다보는 힘을 지닌 내 앞에서는 부질없는 발버둥이지. 다른 위상의 미래를 통해 과거를 유추하는 것은 쉬운 일이니."

영웅왕은 그렇게 말하고는 자신만만하게 허공을 바라본 채 다른 위상의 자신을 들여다보려 했으나—.

"음? ……첨벙…, 이건 아니군…. 낚시…, 아니…."

잠시 고민한 뒤, 이상하다는 듯 고개를 갸웃했다.

"이상하군. 그 후유키인지 하는 곳에 소환되었던 전후의 위상으로 눈을 돌리자마자, 낮에 봤던 '진흙'이 눈앞에 어른거려."

하지만 딱히 신경 쓸 일은 아니라 여겼는지 와인을 한 모금
마신 후, 어깨를 으쓱했다.

"뭐, 되었다. 성배라는 것이 진짜라면 거기에 부어진 마력으
로써 그 '진흙'을 씻어 내도록 하지. 그러면 대신 내가 어찌하
여 우르크의 성벽을 쌓아 올렸는지에 관한 이야기를 소상히 해
주도록 하마!"

그 후, 티네는 우르크라는 도시에 관한 '몰라도 상관없는 사
실'을 산더미처럼 많이 알게 되지만—그것은 또 다른 이야기
이다.

×   ×

저녁. 스노필드 중앙병원.

스노필드시의 중앙구에 존재하는 거대하고도 하얀 건조물.

얼핏 보면 미술관처럼 생겼으나 그곳은 도시 최고의 설비를
갖춘 대형병원으로 외과에서 심료내과에 이르기까지, 수많은
환자들이 치료를 위해 그 문을 두드리는 희망의 성…일 터였지
만 현재는 가족의 손에 끌려서 찾아온 환자들이 물결을 이루
어, 접수처가 경미한 혼란 상태에 빠져 있었다.

"글쎄, 우리 바깥양반이 이상하대도! 일하러 라스베이거스에 간 줄 알았더니만 갑자기 돌아와서는 '앞으로 이 도시에서 안 나갈 거야.'라는 둥 이상한 소리나 한다니까?!"

"이봐, 이상해! 인디언 스프링스로 배달하러 간 동료가 일도 안 하고 돌아왔기에 다른 녀석을 보냈더니, 그 녀석도 금방 기어들어 오지 뭐야!"

증상은 공통적으로 '도시에서 나갔던 자들이 돌아온다'는 것이어서, 모종의 정신질환인가 싶어 가족들이 데려온 것이었다. 같은 증상을 보이는 환자들이 잔뜩 밀려든 것으로 미루어 뭔가 특수한 사건이라도 일어난 게 아닌가 싶어 병원 측도 현재는 긴급대책회의 중이었다.

"아, 선생님, 무슨 일이신가요?"

그 혼란스러운 곳에서 다소 떨어진, 병원의 구석진 구획.

이미 근무시간이 지난 노령의 의사가 어슬렁거리는 것을 본 젊은 여성 간호사가 말을 붙였다.

"아니, 환자 병실에 뭘 좀 깜박하고 와서 말이지."

"그러셨어요. 정면 출구 쪽은 꽤 붐비는 모양이니 조심하세요."

"그래, 고마워."

그리고 간호사가 떠나는 것을 확인한 후—다음 순간, 그 늙은 의사의 모습은 방금 전 마주쳤던 간호사의 것으로 완전히 변화해 있었다.

「어떤가요, 잭 씨?」

그런 여성 간호사―로 변신한 버서커의 머릿속에, 마스터인 플랫이 날린 염화가 들려왔다.

「응, 문제없어. 이 안에 들어가기 위한 패스카드를 손에 넣었으니 안심해.」

간호사의 목에 걸린 바코드식 카드까지 복제한 버서커는 그 후로도 스쳐 지나가는 자들로 변화하여 여러 가지 정보를 입수하며 걸음을 옮겼다.

그리고 처음처럼 늙은 의사로 돌아가 염화로 물었다.

「이쪽 방향이 맞나? 정말로 감각 공유라는 걸로 내 시야를 보고 있는 겐가?」

「네, 간신히요. …으음, 그 계단 위쪽으로 훨씬 짙은 '안개'가 보여요.」

「알겠네, 신중하게 가 보도록 하지.」

염화를 하며 힘차게 고개를 끄덕이는 잭에게 플랫이 문득 생각이 났다는 투로 말했다.

「다른 모습으로 변신할 때는 조심해 주세요. 아까 전처럼 감기 걸릴 것 같은 차림새를 하고 다니면 가만히 있어도 눈에 띌 테니까요.」

「으, 음…. 나는 그냥, 평범한 소녀로 변신하려 한 것뿐이네만, 어째서 그렇게 배꼽과 허벅지가 훤히 드러난 차림새를 하고 있었던 건지, 원….」

처음에 병원에 잠입할 때, 잭은 되도록 의심을 사지 않는 모습으로 잠입하기 위해 모텔 안에서 다양한 형태로 변신하기 시작했는데, 10세 전후의 소녀로 변신하자 어째서인지 노출도가 높은 검은 수영복 같은 차림새가 되어 버렸다.

결과적으로 플랫이 허둥지둥 "와악~! 와악~! 이런 모습을 누가 봤다가는 바로 신고당해서 제 인생 끝장난다고요!"라고 말하며 모포를 뒤집어씌워 잭을 둘둘 마는 일이 벌어졌었는데, 결국 그 원인이 무엇이었는지는 여전히 알아내지 못한 상태였다.

「뭐, 어쩐 일로 자네가 당황한 모습을 보았으니 만족하도록 하지.」

「진짜로 불안해 죽는 줄 알았다고요….」

염화 너머로 한숨소리가 들려온 직후, 버서커는 긴장의 끈을 잡아당기며 계단 위를 쳐다보았다.

─역시, 내게는 아무것도 안 보이는군.

─하지만 나의 마스터가 보인다니 분명 있을 테지.

버서커가 현재 병원에 잠입한 것은 도시를 뒤덮은 '안개'의 근원지를 찾기 위해서였다.

모텔 안에서 플랫이 뜬금없이 '마력의 안개 같은 것이 도시를 뒤덮고 있다.'고 했는데, 버서커가 마술사로 변신해서 보아도 별다른 이상은 느낄 수가 없었다.

하지만 플랫에게는 그 '이상한 마력의 흐름'이 보이는 모양인지 전에 없이 진지한 말투로 '이거, 평범한 마나가 아니에요. 뭐라고 해야 좋을지…. 안개비 한 방울 한 방울이 독립된 생물 같다고 해야 할지…, 엄청나게 작은 메뚜기 떼가 도시 전체를 뒤덮고 있다고 해야 할지….'라고 하며 끙끙대기 시작했다.

─"지금은 아직 마력을 계측하는 도구로도 포착할 수 없는 수준이지만, 두 단계 정도 '안개'가 짙어지면 감각이 날카로운 마술사들은 알아챌 거예요."

─"지금도 엄청 감이 날카로운 영령이나 그야말로 인간과는 감각을 지각하는 법이 다른… 예를 들자면 흡혈종 같은 사람들은 알아챘겠지만요."

그 후, 플랫이 사역마를 띄워 시각공유 등을 통해 관찰한 결과, 스노필드 중앙병원 부근이 아주 약간 짙은 안개에 감싸여 있음을 알아냈다.

잭이 영체화하여 안으로 숨어든다는 방법도 있었지만, 영체화 중에는 적의 마력 공격에 완전히 무방비해지는지라 모종의 함정 같은 것이 깔려 있을 경우에는 치명적인 대미지를 입을 수도 있었다.

그래서 잭은 자신의 특성을 이용해, 병원 관계자로 변신함으로써 실체화한 채 잠입한다는 작전을 실행하기로 한 것이다.

「만일의 일이 벌어지면 바로 도망쳐 주세요. …만일의 일…, 정말로 만일의 일이 벌어지면 영주를 써서 강제로 이쪽으로 불러들일게요!」

어쩐지 강한 결의가 담긴 듯한 말을 들은 버서커가 물었다.

「…마스터여. 방금 '이렇게 멋진 영주가 사라지는 건 싫으니, 되도록 자기 힘으로 도망쳤으면' 하고 생각하지 않았나?」

「네, 생각했어요. 죄송해요!」

「솔직함은 분명 미덕이네만 방금 전에는 빈말로라도 얼버무려 주지 그랬나, 나 원….」

어이없어하면서도 걸음을 옮기던 그의 눈에 '특별격리병동'이라는 문자가 들어왔다.

아무래도 특별한 전염병 환자를 격리하기 위한 시설인지, 출입하려면 살균실을 통과할 필요가 있는 모양이었다.

―…어떻게 된 일이지?

―역시 의사 중 한 명이 마스터라 서번트를 이곳에 격리하고 있는 건가?

그런 생각을 하던 중에 살균실 안에서 누군가가 나오는 기척을 느낀 잭은 이 병동을 출입하는, 조금 전 지나친 여성 간호사의 모습으로 변화했다.

다음 순간, 한 여성이 안에서 나왔다.

"어머, 퇴근한 거 아니었어?"

"죄송해요, 뭘 좀 깜박해서⋯."

"그래⋯? 심료내과 쪽은 아직도 어수선하려나. 사막에 있는 파이프라인 폭발에 경찰서 테러에 낮에 일어났던 회오리바람 까지⋯ 여러 가지 일이 연달아 일어나는 바람에 충격을 받은 사람이 많은 모양이네⋯."

어떻게든 논리적으로 생각해 보려는 것인지 여자 의사는 자조 섞인 미소를 지은 채 고개를 가로젓고는 말을 이었다.

"나도 여동생이 그 경찰서에서 일을 해서 오늘 아침에 연락이 올 때까지는 제정신이 아니었어⋯. 하지만 좋은 일도 있었어. 오늘은 츠바키의 컨디션이 안정적이야. 이대로 계속 안정되면 조만간 의식이 돌아올지도 몰라."

"츠바키가⋯ 정말요? 그거 다행이네요!"

기억까지는 순간적으로 복사할 수 없는 탓에 버서커는 적당히 맞장구를 쳤다.

"응, 손에서 이상한 **문신**을 발견했을 때는 누가 이런 악질적인 장난을 쳤나 싶었지만⋯. 어쩌면 전설에 나오는 토지신 일족이 뭔가 주문을 걸어 준 건지도 몰라."

"그런가요⋯."

"아아, 미안해. 나도 참 의사가 돼 갖고 별소리를 다 하

253

네⋯."

여의사는 얼버무리듯 웃으며 그 자리를 떴다.

그녀가 계단을 내려가는 모습을 배웅한 뒤, 버서커는 살균실 안에 발을 들였다.

그리고―.

「⋯들었어, 마스터?」

버서커가 겉모습에 맞춰 여성의 목소리로 말하자 플랫이 염화로 대답했다.

「네⋯. 그리고, 저도 지금, **보여요**.」

「확정이네⋯. 아마 이 안에 '츠바키'라는 마스터랑 서번트가 있을 거야.」

「네, 하지만⋯ 이거, 일단 돌아오는 게 좋을 것 같은데요? 게임이었다면 분명 '저장하시겠습니까?'라는 메시지가 뜰 포인트라고요. 이거.」

「⋯동감이야. 미안하지만 아무런 준비도 없이 이 안에 들어가고 싶지는 않아.」

플랫뿐 아니라 일반인으로 변신해 영령으로서의 기초능력이 상당히 낮아진 버서커에게도 그것은 또렷하게 느껴졌다.

오싹하고도 농밀한 '기적'이 살균실에서 병실로 들어가기 위한 입구에 똬리를 틀고 있었다.

「살균실을 지나 복도까지 퍼져 있던 게 평범한 검은 마력의

'안개'라면… 지금, 제 눈에 보이는 방의 입구 부분은 거대한 폭포의 일부쯤 될 거예요.」

버서커는 그렇게까지 또렷하게는 보이지 않았지만 정체불명의 '살인귀'로서 현현한 자신의 감각이 일제히 경보를 울리고 있었다.

병실 안에는 런던의 안개 속에서 자신이 두르고 있었을 터인 낌새가 가득했다.

이 앞에 있는 것은 터무니없이 농밀한 '죽음' 그 자체이리라.

「보구를 사용하면 어떻게든 될지도 모르지만…. 확실한 방법이라고는 말 못 하겠네. 차라리 폭탄으로 병원을 통째로 파괴하는 편이….」

「아, 안 돼요, 그런 짓은! 애초에 그 마스터가 적인지 아군인지도 모르는 상태잖아요!」

—성배전쟁에서 '적인지 아군인지 모른다'는 소리를 하는 걸 보면, 그는 정말로 마술사로서 중요한 무언가가 결여된 자인지도 모르겠군.

—…아니, '마술사로서 필요한 결함이 없다'고 해야 할까.

—뭐, 그런 기질을 지녔기에 그 멋진 '스승'을 만난 것일는지도 모르겠지만.

그리고 버서커는 한숨을 내쉬며 발걸음을 돌렸다.

「알았어.」

방의 입구 옆에 붙은 이름표에 적힌 'TUBAKI KURUOKA'

라는 문자를 머릿속에 똑똑히 새기며.

「그런 짓을 했다가는… 나는 더 이상 '살인귀'가 아닌 다른 '무언가'가 되어 버릴 테니까.」

×　　×

쿠루오카 츠바키의 병실 안.

"방금… 밖에 누가… 아니, '무언가'가 왔었던 모양이네."

어린 소년의 모습으로 변한 제스터 카르투레는 눈앞에 누워 있는 소녀에게 말을 걸 듯 중얼거렸다.

"그나저나 인간을 좀먹는 병마의 저주의 근원지를 더듬어 온 것뿐인데…. 설마 이런 다 죽어 가는 여자아이가 마스터일 줄이야."

대체 무슨 방법으로 이 병실 안까지 숨어든 것인지, 흡혈종으로서의 얼굴과 힘을 감춘 소년은 쿠루오카 츠바키의 손에 깃든 영주를 쳐다보며 혼잣말을 했다.

"응…. 아직이야. 조금 더 걸리려나…. 이 아이에게 씐 서번트의 저주가 무르익으려면…."

제스터는 황홀한 미소를 지은 채 불온한 말을 중얼거렸다.

"아아, 내가 사랑하는 어새신 누나가 이 아이가 마스터라는 사실을 알면 어떻게 할까? 이 아이가 살아 있기만 해도, 아무 잘못도 하지 않은 도시 사람들이 죽을지도 모른다는 걸 알면… 하핫."

"이 아이를 잘 이용하면… 어새신 누나가 우는 얼굴을 볼 수 있을지도 모르겠다!"

×　　　×

스노필드 중앙교회.

—이것 참, 이 무슨 실수람. 그 쓰레기를 놓치다니.

중앙교회 거주구획의 어느 방.

신부와 수녀들의 생활공간 중 하나를 잠시 빌린 '성배전쟁 감독관', 한자 세르반테스는 와인 잔에 쌓인 하바네로와 졸로키아 — 두 종류의 맵디매운 고추로 손을 뻗어 주께 감사 기도를 올린 뒤에 그것을 먹기 시작했다.

부하인 '콰르텟'들은 지금도 그 흡혈종의 행방을 쫓고 있었다.

한자는 발견하는 즉시 출격할 준비를 하며 감독관으로서 설명을 요구할 마스터가 찾아오기를 기다렸으나—첫째 날 밤을 맞은 현재, 발견되었다는 보고도 없거니와 마스터가 찾아올 낌

새도 없었다.

뭐, 후자에 관해서는 본래 '성당교회를 배제한 성배전쟁'을 표방하고 있는 탓에 순순히 나타날 자가 과연 있기는 할지 의문이었지만.

─패퇴한 자가 보호를 요구하러 오는 일은 있을 줄 알았는데. 아직 아무도 패퇴하지 않은 건지, 아니면 마스터까지 살해 당한 건지….

─경찰 녀석들이 우르르 몰려와 보호해 달라고 하면 뭐라고 해서 그 서장을 놀려 줄까.

그런 우스운 생각을 하며 어깨를 으쓱하고 있자니, TV 속 다큐멘터리 방송이 '계속해서 늘어나고 있는 국내의 실종자'라는 테마의 영상자료를 내보내고 있었다.

[…최근 몇 년 동안, 1년 이상 실종자 수는 조금씩 증가세를 보이고 있어, 올해도 그래프는 완만한 상승곡선을….]

TV에서 담담하게 읊어 나가는 실종자 수 현황 정보를 들은 한자는 슬쩍 눈살을 찌푸리며 생각했다.

─또 늘었나.

─그중 몇 명이 흡혈종을 비롯한 이형의 존재에게 당했을지….

한자는 무표정하게 고추를 하나 집어, 여러 가지 성별聖別을 거친 도구가 장치된 어금니로 세게 깨물었다.

그는 몰랐다.

흡혈종과 같은 이형의 존재는 최근 몇 년 동안 실종자 수를 증가시키는 데에 별다른 기여를 하지 않았다는 사실을.

그리고 그것이 가출이나 타국으로의 망명 따위가 아닌—.

순수한 악의로 가득한, 어느 마술사의 손에 의한 현상이라는 사실을.

×　　　　×

공업지구. 지하공방.

방구석에 산더미처럼 쌓인 마력결정.

그 하나하나에 고밀도 마력이 담겨 있음을 느낀 알케이데스는 무표정하게 말했다.

"…저 정도 양이면, 반나절은 전력을 다해 싸워도 문제없겠군."

"저게 반나절 분량이라고?"

"불만인가? 분명 그 금빛 왕과의 싸움은 반나절로 결판이 나지 않을지도 모르지만…."

"아니, 충분하다."

버즈디롯은 그렇게 말하더니 책상 위에 한 장의 지도를 펼쳐 보였다.

몇 단계의 수순을 거쳐 은폐를 해제시키자 평범한 공장지구 주변 지도였던 그 지도 위에 붉게 빛나는 점이 몇 개 떠올랐다.

"저 정도로 반나절이나 버틴다면…."

붉게 빛나는 점이 표시된 것은 공업용 중유重油 탱크며 저수조, 거대한 원기둥 위에 반구半球가 얹어진 형상의 거대 가스탱크 등이었다.

"이번에 준비한 분량을 모두 합치면, **몇 개월은 전력을 다해 싸울 수 있겠군.**"

그 말을 들은 알케이데스는 이해했다.

지도에 그려진 수많은 공업용 저장 탱크들은 모두 표면적인 위장에 불과하고—안에는 이곳에 있는 것과 같은 마력결정의 '보관고'가 있으리라.

"…그 정도의 양을 만들어 내다니… 네놈, 지금까지 몇 명을 이 **기계장치**의 제물로 삼았지?"

헤아릴 수 없을 정도로 많으리라는 사실은 아는지라 비아냥거릴 생각으로 내뱉은 말이었다.

하지만 버즈디롯은 눈썹 한 번 꿈쩍이지 않고 입을 열었다.

"뭘, **고작 24,976명에 불과하다.**"

"……."

"놀랄 만한 숫자인가? 남미의 마약 카르텔 녀석들이 최근 몇 년 동안 죽인 수의 절반 정도인데."

"숫자에 놀란 것이 아니다. 네놈이 그 사람들의 숫자를 뇌에 일일이 새겨 넣고 있었다는 사실이 의외였을 뿐이다."

"내가 그렇게 인간의 목숨에 무책임한 인간으로 보이나?"

진심으로도, 악취미스러운 블랙조크로도 받아들일 수 있는 말이었지만 제아무리 알케이데스라 해도 살육기계 같은 마스터의 눈을 통해 그 본심을 들여다볼 수는 없었다.

"그만한 인간을 제물 삼았는데도 은폐가 된 것이 용하군.."

"당연한 일이다. 나 혼자 하루에 나라 안팎에서 수십 명씩을 납치한 것은 아니었으니. 모두 나의 주인, 가르바로소 스크라디오의 인맥 덕분에 가능한 일이었다."

버즈디롯은 작은 소리로 한숨을 내쉬고는 담담히, 지극히 담담히 말을 자아냈다.

"스크라디오 가문이 거대해지면 거대해질수록 적은 늘어난다. 어차피 없앨 적이라면 그 존재만이라도 유용하게 활용해야 하지 않겠나."

거기까지 말한 뒤, 버즈디롯은 눈을 가늘게 뜬 채 마치 자책이라도 하는 듯한 투로 말을 내뱉었다.

"뭐…. 오늘 잡은 서른여섯 명은, 먼저 죽인 탓에 쥐어 짜낼 것이 잔재밖에 없었다만."

×   ×

콜즈맨 특수 교정 센터. 팔데우스의 공방 안.

인형으로 둘러싸인 방 안에서 팔데우스는 생각했다.

―버즈디롯은, 위험하다.

―아니, 아니지. 정확히 말하자면 스크라디오 패밀리는 위험하다 해야겠지.

―이번 건에서 버즈디롯이 승리하면 스크라디오 패밀리의 세력은 걷잡을 수 없이 커질 거야.

―'진흙'과 '결정'의 조합이 스크라디오 가문의 다른 마술사들에게 전파되면 녀석들은 지금 이상의 힘을 얻겠지. 그렇게 되면 시계탑과 성당교회에 대한 견제는 되겠지만… 더는 우리 정부가 제어할 수 없게 될 테고.

크나큰 불안감 속에서 팔데우스는 결의했다.

―버즈디롯은, 이번 성배전쟁에서 사라져 줘야겠어.

―하지만, 그것만으로는 부족해.

"여기에는 아무도 없습니다. 직접 이야기를 하고 싶은데, 그래도 되겠습니까. 어새신."

그가 그렇게 중얼거린 순간, 방 안의 조명이 모두 꺼져 어둠이 주변을 지배했다.

평범한 어둠과는 질이 다른, 주변의 그림자 그 자체가 살아 꿈틀대는 듯한 압력이 느껴져 팔데우스는 움찔움찔 몸을 떨었다.

암시마술暗視魔術을 행사하기도 전에 등 뒤에서 목소리가 들려왔다.

"…말하라, 그대를 괴롭히는 재앙이 무엇인지."

어새신이 은유적인 표현을 써서 말하자 팔데우스는 식은땀이 밴 손을 움켜쥐며 입을 열었다.

"잠시 이 도시를 떠나셔야 하겠지만… 사고나 자연사로 보이도록 처리해 주셨으면 하는 인물이 하나 있습니다. 이미 몇 사람이나 되는 마술사들의 보호를 받고 있어 우리가 지닌 통상적인 수단으로는 암살할 수가 없는 남자를. 그의 이름은….."

상대의 이름을 입에 담으려던 순간, '어둠'의 압력이 한층 더 강해졌다.

"한 번 시작하면, 돌이킬 수 없다."

"……."

"인간의 명맥을 끊을 값어치가 있는 신념이, 그대에게는 있는가?"

마지막 확인을 구하듯, 서번트는 마스터에게 물었다.

"…신념이 거짓으로 전락한 순간, 저주는 모조리 그대의 몸으로 돌아와, 그 모든 것을 집어삼킬 것임을 알라. 그럴 각오가 되었다면, 재앙의 이름을… 입에 담으라."

마술회로, 각인, 영주. 그러한 마술적인 요소뿐 아니라 자신의 심장이며 혈관까지 동시에 얼어붙는 듯한 착각 속에서, 팔데우스는 그 이름을 말했다.

"가르바로소 스크라디오."

"……"

"당신이 처음으로 죽일 자는, 영령도 마술사도 아닙니다. 마술의 가호만 없으면 간단히 죽일 수 있는… 평범한 인간입니다."

×   ×

같은 시각. 시계탑.

로드 엘멜로이 2세는 시계탑에 있는 집무실 중 하나에서 홀로 고민하고 있었다.

마음만 같아서는 당장이라도 스노필드로 발길을 옮겨, 최악의 경우에는 제자 한 명만이라도 데리고 돌아오고 싶었지만—생각지 못한 일로 발목을 붙들렸다.

법정과의 아다시노化野에게 직접 건네받은 '요청서'에는 '과거에 케이네스 엘멜로이 아치볼트라는 시계탑의 요인을 잃은 경위를 감안하여, 로드가 특급 위험 구역으로 지정된 스노필드로 향하는 일은 허가할 수 없다'는 내용의, 말이 좋아 요청이지 명확한 명령이 적혀 있었다.

이런저런 예장을 준비하던 중에 느닷없이 발목이 붙들렸지만 절반 정도는 예상했던 일인지라 그다지 화가 치밀지는 않았다.

"하지만 법정과의 대응이 너무 빠르군."

요청을 무시하고 움직일지도 모른다고 여긴 것인지, 법정과는 온갖 연줄을 동원하여 엘멜로이 2세가 현지로 가지 못하도록 조치를 취했다.

현재도 밖에 감시자가 몇 명 있는 것을 확인하기는 했으나 실력을 행사해서 돌파할 기량은 없었다.

─최악에 가까운 경우를 생각하자면, 스노필드의 흑막이 시계탑 법정과와 연결되어 있을 가능성도 있다고 봐야 하려나….

─아니, 그랬다면 법정과는 오히려 진작 나를 현지로 밀어 넣었겠지.

─녀석들의 목적대로, 성배전쟁을 해석시키기 위해.

그런 자문자답을 반복하던 중, 문을 두드리는 소리가 울려 퍼졌다.

문을 열어 보니 인형사 란갈이 어제 만났던 제자와 함께 들어왔다.

"실례하겠소. 몸은 좀 괜찮으시오, 로드?"

"아아, 그때는 꼴사나운 모습을 보여 미안하군. 그나저나 꽤나 서둘러 온 것 같은데, 또 뭔가 새로운 정보가 들어왔나?"

"그렇소, 실은…. 여기 있는 내 제자가 발견한 모양인데… 이미 시계탑에 있는 젊은이들 사이에서는 소문이 돌고 있으니, 내일이면 더욱 널리 확산되겠지만 당신께는 한시라도 빨리 전해 두는 것이 좋을 것 같아서 말이오."

"……?"

엘멜로이 2세가 고개를 갸웃하자 제자 소년이 주저주저 노트북을 내밀었다.

화면을 열자 거기에는 몇 년 전 대형 검색 사이트 운영회사에 매수된, 세계에서 가장 유명하다고 해도 과언이 아닌 동영상 공유 사이트의 한 페이지가 떠 있었다.

"그게, 어제 일에 대한 정보가 뭐 없을까 싶어서 친구들끼리 현지 정보 사이트라든지, 이런저런 곳을 검색하며 조사해 봤거든요. 그랬더니 스노필드에서 활동 중인 'snow smoke'라는 록밴드가 있는데, 그 사람들이 올린 동영상이 나오더라고요."

—……?

—혹시 그 경찰에 체포된 영상을 다른 시점에서 비디오로 찍은 자가…?

엘멜로이 2세는 눈살을 찌푸리며 그 화면을 보다가… 다음 순간, 입속말을 하듯 작은 소리로 신음했다.

"뭣…?!"

거기에는 능숙하게 기타를 치며 밴드 멤버와 즉흥 연주를 하는, 그 체포되었을 터인 영령의 모습이 비춰져 있었다.

"여, 영령이… 동영상을 올리다니…."

"뭐, 업로드한 건 밴드 사람들이라 이 영령이 공개한 건 아니지만요…."

"게다가 이 영령은 대체 뭘 하고 있는 거지? 무슨 의도로 이런 짓을…."

엘멜로이 2세는 '이상하게 기타를 잘 치는군, 이 영령.'이라고 생각하면서도 자기 나름대로 그의 행동을 분석하려 했다.

하지만 그 분석은 란갈의 제자가 화면을 가리키는 바람에 중단되었다.

"아! 보세요! 여기예요, 여기! 화면 구석!"

"음…?"

엘멜로이 2세가 시선을 돌려 보니 거기에는 염색한 듯한 금발에 안경이 특징적인, 한 소녀의 모습이 비추어져 있었다.

그리고 엘멜로이 2세는 더더욱 세게 눈살을 찌푸리며 말을 흘렸다.

"…사조?"

×   ×

숲속.

아야카는 숲속을 이동하며 세이버에게 말을 걸었다.
"있잖아."
"응? 왜 그러지?"
"…아까 전에는, 미안."
"……? 내가 사과를 받을 만한 일이 있었던가?"
세이버가 진지하게 고개를 갸웃하자 아야카는 눈을 내리깔며 말했다.
"…고함치고, 머리카락 잡아당기고… 억지까지 부렸잖아."
"아야카 넌 정말로 사소한 일만 신경 쓰는구나. 하지만 그렇게 해서 네 마음이 편해진다면 그 사과를 받아들일게. 그리고 나도 사과할게. 네 마음도 생각하지 않고 멋대로 너를 핑계 삼아 동맹 같은 걸 제의한 것에 대해."
순순히 사과를 해 오는 '왕' 앞에서 아야카는 시선을 피하며 대답했다.

"그거야말로, 사과할 일이 아니잖아."

×   ×

시계탑.

"오오, 역시 그랬구려."

"……?"

란갈의 말에 고개를 돌려 보니 허수아비 같은 상태가 된 인형사가 딱딱한 동작으로 고개를 끄덕였다.

"왜, 어제도 말씀드렸소만, 현지에 들어간 협회의 인간이 로드의 제자를 봤다고 하지 않았소…."

"……?"

또다시 이야기에서 위화감이 느껴졌다.

혹시나 싶어 엘멜로이 2세가 란갈에게 물었다.

"봤다는 제자라는 게… 설마 플랫이 아니라?"

"아아, 플랫 에스카르도스에 관해서는 우리도 나중에 알게 됐소만, 천재라고는 하나 로드가 그 고삐 풀린 망아지 같은 자를 선견대로 파견할 리가 없잖소? 우리가 말한 것은 거기 찍힌 사조였소만…."

"아니…, 잠깐."

'사조 아야카'.

엘멜로이 2세는 분명 그러한 이름을 지닌 마술사를 알았다.

몇 년 전―후유키에서 제5차 성배전쟁이 일어나기 조금 전에 아직 앳된 구석이 남아 있던 그녀가 한 달 정도 교실에 참가했던 적이 있었다.

평범한 강사였다면 그대로 서로 얼굴도 잊어버리고 말았을 정도의 관계였지만 엘멜로이 2세의 꼼꼼한 성격과 흑마술—
위치크래프트에 관해 몇 가지 조언을 했던 일이며 플랫이 보이
니치 필사본을 해독해서 대규모 문제를 일으켰을 때 휘말려 들
었던 일, 그녀의 언니의 일 등으로 인연을 맺어 가끔씩 연락을
취하고는 있었지만—.

"미안하군, 잠시 생각하고 싶은 것이 있으니 나중에 다시 와
주게. 정보를 전해 준 일은 정말 고맙군."

이상하다는 듯 얼굴을 마주 보는 두 사람에게 감사 인사를
하고서, 그들이 방에서 나간 뒤에 휴대전화를 끄집어냈다.

그리고 익숙한 손놀림으로 [이걸 보면 바로 전화해라. 급히
묻고 싶은 게 있으니.]라고 메일을 써서 곧장 송신했다.

수신자 이름은—'아야카 사조'.

×　　　　×

스노필드 모처.

"응? 뭐지, 이 이상한 소리는?"

세이버와 아야카가 '다음 목적지'로 향하던 도중.

갑자기 메일 수신음이 울리자 세이버가 엉겁결에 주변을 둘
러보았다.

"내 휴대전화야. 메일이 왔나 봐."

휴대전화를 펼친 아야카는 수신 알림을 보고 눈을 가늘게 떴다.

"호오, 이게 현대의 서한인가. 연문戀文이라면 나는 고개를 돌리고 있을 테니 안심하고 봐."

"그런 거 아니야."

그녀의 휴대전화 화면에 뜬 수신 알림에는 일본어로 '필리아'라고만 적혀 있었다.

필리아.

자신을 이 성배전쟁에 휘말려 들게 한 '하얀 여자'의 본명이었다.

또 뭔가 터무니없는 소리를 하는 게 아닐까 싶었지만 본문에 적힌 내용을 본 아야카는 고개를 갸웃할 수밖에 없었다.

"······?"

그 본문에는 '성'에서 만난 후로 한결 같은 태도를 보여온 그녀의 말과는 전혀 다른, 그야말로 딴 사람 같은 분위기의 한 문장이 적혀 있었기 때문이다.

[아아, 너도 고생 많았어! 이제 자유니까, 마음대로 해도 돼!]

"이제 와서… 무슨 소리야?"

"왜 그러지?"

"아무것도 아냐. 아아, 그리고 깜박하고 말 안 한 게 있었어."

일단 나중에 생각하기로 하고 휴대전화를 집어넣으며 아야카가 입을 열었다.

"그게…. 이제 당신이 하는 일을 두고 괜한 참견이라고 하지 않을게. 당신은, 내가 뭐라 하건 마음 내키는 대로 하니까."

체념한 듯 말한 뒤, 아야카는 자기 자신을 타이르는 듯한 투로 계속해서 말을 쥐어 짜냈다.

"하지만… 하다못해 위험한 일을 하기 전에는 미리 말해 줬으면 좋겠어. 말려도 소용은 없겠지만, 그래도 일단은 말리고 싶기도 하고…."

"…멋대로 죽어서, 감사 인사를 못 하게 되는 건 싫으니까."

×   ×

시계탑.

"고맙다. 또 뭔가를 알아내면 연락하도록 하지."

그렇게 말하며 전화를 끊은 엘멜로이 2세는 미간을 쭈글쭈글해지도록 구긴 채 중얼거렸다.

"…어떻게 된 거지?"

다시 한 번 메일의 답장 대신 걸려 온 전화의 이력을 보았다.

루마니아에서 국제전화로 걸어온―**사조 아야카의 전화번호를.**

그녀가 용건을 보기 위해 루마니아로 건너갔다는 이야기는 엘멜로이 2세도 플랫에게 들은 바 있었다.

"내가 방금 전화로 대화를 나눈 건, 의심할 여지가 없는, **루마니아에 있는 사조 아야카 본인이었다.**"

엘멜로이 2세는 관자놀이에 손가락을 가져다 대며 조금 전 보았던 영상에 찍힌, 금발인 점을 제외하면 아야카를 빼다 박은 듯한 여자를 떠올리며 신음하듯 말했다.

"그러면, 스노필드에 있던 그 여자는… 대체 **어디서 온 누구지?**"

Fate strange Fake

프롤로그 Ⅸ
『스타 퍼포머―주연들의 연회(후편)』

어둠 속.

시간을 거슬러 올라가, 세이버가 체포되어 TV 중계진의 카메라 앞에서 연설을 한 직후.

"아아, 재미있어라~"

영령이 체포되는 순간을 돌이켜보며 웃음을 터뜨리기를 몇 차례나 반복한 뒤, 프란체스카는 너무 웃어서 흘러나온 눈물을 훔치며 침대 한복판까지 굴러갔다.

그리고 일단 그 자리에 무릎을 꿇고 앉았다가는 옆으로 눕히고서 한 손을 들었다.

"그러면 나도, 슬슬 흑막의 일원으로서 분발해 봐야지!"

그녀가 손가락을 딱 하고 튕기자 주변에 있던 초에 불이 켜져, 은은한 불빛이 방 안을 비추기 시작했다.

호화스러운 침대 앞에 다른 마스터들이 영령소환에 사용한 것과 같은 마법진이 나타났다.

정식 마법진과 다른 점이 하나 있다면―.

본래 제단이 있어야 할 곳에 차양이 달린 침대가 놓여 있다는 점이었다.

그녀는 어느새 집어 든 쿠키로 저글링을 하며 리드미컬하게 노래하기 시작했다.

"♪ 은과~ 금을~ 한 조각~ ♪

♪ 부글부글 끓여 보자~ 주방장님~♪
♪ 아~테~ 님의~ 근사한 레시피~♪"

　그것은 영령을 소환하는 영창과는 거리가 멀어 보였다.
　성배전쟁 그 자체를 무시하는 듯한, 지식이 있는 자가 들었다면 격노하거나 '부를 수 있을 리가 있나' 하고 코웃음을 칠 영창이었다.

"♪ 닫아라~ 닫아라~ 닫아 닫아 닫아라
　(채~워라~ 채~워라~ 채워 채워 채워라)~~♪
　♪ 닫아서 닫아서 열고 열면
　(채워서 채우니 흘러내리네)~♪
　　♪ 닫은 상처 합~치면~ 다섯 개~♪"

　그녀의 입에서 리드미컬하게 흘러나오는 마구잡이식 영창은 얄궂게도 과거의 '진짜' 성배전쟁에서 어느 살인귀가 그녀의 '친구'를 불러내기 위해 사용했던 것과 매우 비슷했다.
　아직 남은 서번트의 클래스도 넉넉하게 남아 있어, 성배가 강제로라도 영령이 현현되기를 바랄 상황도 아니었다. 평범하게 생각해 보면 분명 이러한 주문으로 소환할 수 있을 리가 없었지만―.

주문을 영창하는 도중임에도 불구하고 벌써 마법진이 빛을 내뿜기 시작했다.

"♪ 나의 몸~은 네 밑으로~ 나의 마~음~은…
　　하핫! 아하핫! ♪ 시간 다됐으니까 이하 생략… ♪"

은랑처럼 강한 의지가 담겨 있는 것도, 플랫 에스카르도스처럼 천재적인 마술 개입 능력으로 마력을 연결한 것도 아니었다.

그럼에도 소환은 성립되었다.

이유는 한 가지.

영웅을 불러내기 위한 '촉매'의 친화성이 이상하리만치 높았기 때문이다.

그 촉매는 바로―.

제단인 침대에 자리한 '프란체스카의 존재 그 자체'였다.

마법진에서 빛이 가라앉자―그 자리에는 한 소년이 서 있었다.

나이는 프란체스카와 비슷한 정도. 윤기 나는, 단정하게 정돈된 머리카락에 미소년이라 해도 될 정도로 번듯한 얼굴을 지니고 있었지만, 눈에는 광기와도 같은 무언가가 감돌고 있었다.

그리고 다음 순간—.

마법진이 있던 어슴푸레한 공간이 순식간에 한없이 드넓은 꽃밭으로 변화했다.

영령 소년은 그 꽃밭 중심에서 프란체스카의 얼굴을 보지 않은 채 공손하게, 그리고 이상하리만치 호들갑스럽게 고개를 숙였다.

그러고는 두 팔을 크게 벌리며 큰 소리로 외쳤다.

"하핫! 나를 부르다니, 이번 마스터는 어지간한 괴짜인 모양이네! 좋아! 내게 뭘 기대하는 건지는 모르겠지만 후회는 안 시킬게! 네게 온갖—."

"온갖 열락의 꿈을 꾸게 해서 승천시킨 뒤에 뜨겁게 녹은 악몽 속에서 네가 지옥에 떨어질 때까지 바짝 졸여 줄게! …맞지?"

프란체스카는 침대 중앙에 앉은 채 그렇게 외치고는 빙긋 웃었다.

그러자 자신이 말하려 했던 대사와 완전히 똑같은 말을 들은 영령은 고개를 갸웃하며 의문 섞인 목소리를 흘렸다.

"응? 어라, 어라? 어라라?"

"그 말이 끝나고 나면 이 꽃밭에 핀 꽃을 전부 인간 어린애의 팔로 바꾸려고 그랬지?!"

"으응? 으으응? 혹시 너, 전에도 나를 부른 적이 있기라도 한 거야? 나를 부르고 살아 있다는 것도 놀랍지만 두 번이나 부르다니, 뇌가 썩어 벌레라도 꼬여 있는 게 아닌가 싶을 정도의 괴짜….”

말하던 중에 소년은 알아챘다.

눈앞에 있는 마술사 소녀의 정체가 대체 무엇인지를.

“어? 잠깐? 진짜야?”

“진짜인데? 네 ‘생전의 기억’은 어디서 끝났어?”

“그야 ‘처음 처형됐을 때’이긴 한데…. 그보다 너 말야, 대체 뭘 하려는 건데?”

“성배전쟁. 일단 가짜인지 진짜인지 헷갈릴 정도로 속을 마구 휘저어 주고 나서 할 거지만!”

프란체스카의 말을 듣던 소년의 모습을 한 영령의 얼굴이 서서히 환희로 일그러지더니—이윽고 봇물이 터진 듯이 요란한 소리로 웃어 대기 시작했다.

“아하하하하하하하핫! 아하하하하하하하하하하!”

그에 맞춰 꽃밭의 꽃들이 모두 땅바닥에 돋아난 아이들의 팔로 변하더니—짝짝짝짝, 두 사람을 축복하듯 옆에 있는 팔과 손바닥을 마주치기 시작했다.

짝짝짝짝짝짝짝짝짝짝짝짝짝짝짝짝짝짝짝짝짝—광기 어린 박수소리 한복판에서 소년 영령은 배를 끌어안고 웃으며 외쳤다.

“바… 바… 바보 아냐?! 진짜 바보 아냐?! 히힛… 히하하하하! 어, 어… 어째서! 뭐 하러 그런 짓을 하려는 건데! 바보같아진짜바보같아하하하하하!"

미친 듯이 웃어 대며 소년은 도약했다.

빙글빙글 돌아 프란체스카의 침대 위로 뛰어오르더니, 그녀의 옆에 앉아 근처에 널려 있던 과자봉지를 뜯었다.

그리고 뻔뻔하게 프란체스카의 어깨에 자신의 어깨를 딱 붙이고서 뜯은 과자를 먹기 시작했다.

"아하하하! **내가 나를 부르다니**. 뭐 이런 지독한 농담 같은 일이 다 있담! 우물… 근데 뭐야, 이건? 맛있네. 이게 현대의 과자야? 끝내준다, 이 시대!"

"그치~? 뭐, 나 자신이 촉매인걸. 나올 사람은 9할이 '나'일 테지만, 어쩌면 혹시나 질이 와 주지 않을까 하고 살짝 기대했었는데~"

"에이, 질이 성배전쟁에 올 리가 없잖아!"

분위기가 매우 비슷한 두 사람은 기묘한 소리를 주고받더니, 질이라 하는 인물에 관해 말하기 시작했다.

"그게 있지, 왔었다? 질! 나는 그 **키예프 충술사의 후예 때문에** 멀리서 지켜볼 수밖에 없었지만, 정말로 왔었어! 영령에 좌에 있었다고, 그 질이!"

"그거 걸작이네! 클래스는? 세이버? 라이더?"

"아니. 캐스터."

"어째서?! 질이 캐스터라니! 아아, 나 때문인가?! 하하하!"

두 사람만 알아들을 수 있는 수수께끼투성이의 대화로 이야

기꽃을 피운 뒤─프란체스카가 문득 진지한 표정으로 옆에 앉은 영령에게 말을 자아냈다.

"나, 그걸 보고 나서 꽤 진지해져서 있지…. 예정을 꽤 많이 앞당겨서 이 도시에서 내가 자유롭게 놀 수 있는 성배전쟁을 개최하기로 했어! 여러 사람과 나라를 끌어들여서!"

"그럼 왜 질을 부르지 않은 건데? 뭐, 질로 성배전쟁에서 승리하는 게 쉬운 일은 아니겠지만 말이야."

당연하다면 당연하다고 할 수 있는 질문을 받은 프란체스카는 살며시 고개를 가로저었다.

"뭐, 그건 나중에 천천히 이야기할게! 그보다 지금은 우선 계약을 해야지!"

"아아. 그랬지, 참! 이거 완전 깜박하고 있었네. 그런데 너는 성배를 손에 넣으면 뭐에 쓸 거야? 대충 상상은 가지만."

"응, 네가 상상한 게 맞을 거야."

"아하, **그 대미궁을 공략하려면** 분명 성배 수준의 물건이 필요할 테니까."

소년은 침대에서 펄쩍 뛰어 일어나, 마법진 중심으로 이동해서 프란체스카 쪽으로 몸을 돌리고는 공손하게 고개를 숙였다.

"묻겠다. 당신이 성배를 갈망하여, 혹은 무한의 쾌락과 악몽을 갈망하여 나를 노예로 삼으려는 오만하고도 어리석은 아가씨인가?"

"응! 바로 맞혔어!"

그러자 주변 일대에 돋아나 있던 어린아이의 팔이 땅속에서 울려 퍼진 아비규환과 함께 활활 타오르더니 눈 깜짝할 새에 백골이 되어 무너져 내렸다.

그리고 재가 흩날리는 어스레한 어둠 속에서 영령은 큰 소리로 계약이 성립되었음을 선언했다.

"자아! 맹약은 맺어졌다!"

소년은 두 손을 펼치며 자신의 이름을 재 속에서 외쳤다.

"내 이름은 프랑수와 프렐라티!"

그리고 순진무구한 미소를 지은 채 약정을 맺기 위한 말을 이어서 늘어놓았다.

"나의 마스터 프랑수… 어이쿠, 지금은 여자애의 몸을 하고 있으니… 프란체스카 프렐라티의 충실한 종으로서 목숨을 걸고 성배로 이끌겠노라 약속하도록 하겠다!"

"나도 맹세할게. 네가 올바른 영광 속에서 성배를 손에 넣을 수 있도록, 이 영혼을 걸고 정정당당히 성배전쟁에서 승리하겠다고!"

그리고 소년과 소녀의 미소가 교활한 빛으로 가득한 것으로 바뀐 순간—.

프랑수와와 프란체스카는 완전히 같은 타이밍에 그 말의 연장선상에 있는 말을 입에 담았다.

""뻥이지만!""

× ×

같은 시각. 스노필드. 화력발전소 지하.

도시 어딘가에서 프란체스카가 자기 자신을 소환했을 즈음—.
진실된 버서커를 소환하고자 한 위치크래프트 전문 마술사
인 할리는 도시에 존재하는 여러 화력발전소 중 한 곳의 지하
에서 죽어 가고 있었다.
—우으.
—어쩌다, 일이 이렇게 됐더라?
흐릿한 눈의 구석구석에 비친 핏빛을 보고 그녀는 자신이 곧
죽으리라고 판단했다.
치유마술에는 자신이 있는 편이었지만 이미 마력이 거의 고
갈된 상태였기 때문이다.
버서커를 소환하기 위해 만전의 준비를 했을 터였다.
그리고 실제로 소환하는 데도 성공했을 터.
문제는—그 소환한 버서커가 계약을 맺기 전에 폭주했고,
그 일격을 정통으로 맞았다는 것이었다.
—아아, 하지만, 만족…스럽긴 하네.

—예상했던 것보다… 엄청난 게 나왔으니까….

그녀가 소환한 영령이, 흐려진 시야에 비쳤다.

그것은 이상한 모습을 한 영령이었다.

한 걸음을 내디딜 때마다 철그럭철그럭, 하는 기계음을 내며 네발짐승 같은 자세로 방 안을 돌아다니고 있었다.

눈에는 황황히 타오르는 불이 밝혀져 있었으며 때때로 흘러나오는 신음소리는 바늘이 녹슨 축음기로 재생하기라도 한 양 쉬어 있었다.

—내 마력을 잔뜩 쏟아부은 데다… 이 발전소에서도 **마력을 대신할 동력원**은 얻을 수 있을 거야…. 그러니 너는 앞으로, 얼마든지 날뛸 수 있을 거야….

할리는 자신에게로 다가오는, 녹투성이의 '그것'을 보며 무심결에 쓴웃음을 지었다.

—라이벌인 니콜라 테슬라가 만든 에너지는, 싫겠지만 말야.

—…아아, 혹시… 그래서 그렇게 날뛴 걸까?

그런 생각을 하는 동안, '그것'은 기어이 그녀의 눈앞까지 다가왔다.

네발 달린 거미나 이형의 존재로 변한 사자를 모티브로 한 로봇으로밖에 보이지 않는, 꺼림칙한 모습의 영령이.

—하지만… 이상하네. 아무리 버서커라지만… 그래도 좀

더… 정상적인 인간의 모습으로 나올 줄 알았는데…. …혹시, 마즈다의 영향인가…?

─역시 프란체스카한테 양보하지 말고, 캐스터를 부를 걸 그랬어….

후회가 되기는 했지만 이미 모든 것이 다 늦은 뒤였다.

하지만 할리는 죽음이 두렵지 않았다.

그녀는 위치크래프트가 전문이었지만 매개체인 제물로는 늘 자기 자신의 피를 사용했다.

이번 소환 때도 마법진을 모두 자신의 피로 그렸다.

과다출혈로 죽을지도 모를 정도로 많은 피를 흘려 가며, 시간을 들여, 때때로 미리 준비해 뒀던 혈액 팩으로 직접 수혈을 하거나 조혈造血을 촉진시키는 치유마법을 구사해 가며.

그 결과 소환한 것에게 살해당했으니, 이 정도가 자신의 한계라는 뜻이리라.

할리는 자조 섞인 미소를 지은 채 손을 천천히 영령에게 뻗었다.

"괜찮아…. 나 자신을… 네 제물로 바쳐 줄게…."

그녀가 성배에 바라는 것은 한 가지뿐.

자신의 아버지를 이단으로 규정하여 죽이고 자신의 일족에게서 모든 것을 앗아 간 '마술 사회' 그 자체에 복수하는 것뿐이었다.

그것이 시계탑이 되었건 아틀라스 학원이 되었건, 그도 아니면 항간에 점재하는 지역 마술사들의 연합이 되었건 상관없었다.

다만 마술과는 거리가 먼 '기계'며 '공업', 혹은 마력 이외의 압도적인 '에너지'의 힘에 의해 소멸된다면, 그토록 얄궂은 일도 없겠다 싶었던 것뿐이었다.

—그런 시답잖은 일에 성배를 쓰려고 한… 인과응보, 이려나.

"자아, 나를 죽여. 대신… 네가 존재하는 한, 마음껏 살아 줘. 네 모습을 전 세계에 보여 줘. 마술의 은폐를 몽땅 무의미하게 만들기 위해…."

마지막 기력을 쥐어짜 그렇게 말한 할리는, 이제 죽어도 상관없다 생각하며 영령의 일격을 기다리기로 했는데—.

그 대신 낯선 여자의 목소리가 그녀에게 쏟아졌다.

"헤에. 당신, 꽤 별난 방식으로 발버둥을 치네."

무심결에 감겨 가던 눈을 번쩍 떠 보니, 거기에는 숨이 멎을 정도로 아름다운, 피부가 이상하리만치 하얀 여자의 모습이 있었다.

—아… 아인츠베른의 호문쿨루스?!

도시에 와 있다는 이야기는 들었던 데다 아마도 마스터의 자리를 노리고 있으리라고는 생각했다. 하지만 완전히 은폐했을 터인 소환 장소에 나타날 줄은, 정말이지 꿈에도 몰랐다.

―아아, 그렇구나. 역시 천벌을 받은 거구나.

―기껏 지금까지 나 자신을 제물 삼아 왔는데… 이제 와서 도시에 있는 사람들은 어떻게 되든 상관없다고 생각해서, 마술이 불순해진 거야.

어차피 살해당할 테니 상대가 아인츠베른의 호문쿨루스건 영령이건 상관없지 않을까.

그런 생각을 하던 그녀는 그제야 이변을 알아챘다.

"…에?"

어느새 자신의 상처가 아물어 버린 데다, 흐려졌던 시야도 완전히 맑아졌다는 사실을.

"어, 어라? 나…."

치유마술을 건 기억은 없었다. 애초에 마력이 완전히 고갈된 상태라 걸고 싶어도 걸 수가 없었다.

당황한 할리에게―그 직후에 들려온 '하얀 여자'의 말은 보다 더 큰 당혹감을 안겨 주었다.

그녀는 옆에 있던 버서커의 영령에게 마치 자신이 키우는 개에게 말을 걸 듯이 입을 열었다.

"자, 이 아이가 당신의 마스터야. **빨리 계약해 줘.**"

―……?

―대체, 무슨 소릴….

사라져 가는 고통 대신 혼란이 할리의 머릿속을 지배하기 시작했다.

계약은 아직 맺지 않았지만 마스터의 권리는 아직 자신에게
있었다.

영주조차 없는 마술사가 하는 말을 들을 버서커가 어디 있겠
냐는 생각을 한 것도 잠시. 그녀의 상식이 연달아 와르르 무너
져 내렸다.

"칵…. ZZZZZZZZ, 지지지지지, 지… 지킨…다닷다D다다
다DDDD."

그 버서커는 '하얀 여자'의 지시에 따라 쓰러져 있던 할리에
게 복종하듯 머리를 조아렸다.

"착하기도 하지. 그래, 마력의 경락經絡을 이 아이에게 연결
해 주도록 해."

다음 순간에는 마력의 통로가 연결되어 있었고, 영주를 통해
상대의 감각이 전해져 왔다.

그 순간, 할리는 알 수 있었다.

자신이 지금 막 소환한 버서커가 이 '하얀 여자'를 두려워하
고 있다는 사실을.

"다, 당신…. 대체…."

'하얀 여자'가 할리의 물음을 무시하고 말했다.

"그나저나 운이 좋았네. 이곳에 이렇게 들어가기 쉬운 '그릇'
이 있을 줄은 몰랐는데."

자신의 손발을 뚫어지게 쳐다보며, 감탄한 듯 고개를 끄덕거
렸다.

하얀 여자는 뭐가 어떻게 된 것인지 모르겠다는 표정을 짓고 있는 할리를 보더니 천천히 그녀의 뺨에 손을 가져다 댔다.

찰나―할리는 알 수 있었다.

그녀의 손을 통해 전해져 오는 '힘'은―본래 이 세상에 있어서는 안 되는 부류의 것임을.

―마, 마, 말도 안 돼…!

―이, 이건…. 영령도 아닌데 어떻게…!

―아니, 영령이라도 이렇게 농밀한 '힘'은…!

그런 할리의 두려움을 느낀 것인지 하얀 여자―.

정확히 말하자면 하얀 여자의 안에 있는 무언가가 자신감으로 가득한 미소를 지으며 말했다.

"안심해. 이래 봬도 인간은 좋아하거든."

그 말은 따스하기는 했으나, 그 온기가 전혀 마음에 와 닿지 않을 정도로 '높은 곳'에서 내뱉은 듯하여 허망하게만 느껴졌다.

"이왕 온 김에, 당신들 인류를 모두 다 지배해 줄게!"

그리고, 그런 그녀에게 찬동하듯 할리의 서번트일 터인 기계 인형이 마치 하얀 여자를 찬양하듯 포효를 내질렀다.

" ■■■■■■■■■■■■■■■■■■■■■■■■■■
■■■■■■■■■■■■■■■■■■■■■■■■

RRRRrrrRRR―――――――――――――."

—뭐지?

할리는 죽음의 공포에서 해방된 대신, 전혀 다른 종류의 공포에 사로잡히게 되었다.

그녀는 아직 알지 못했다.

그녀가 준비한 어느 영령의 '촉매'의 영향으로—아인츠베른의 호문쿨루스 안에, 얼마나 무시무시한 것이 깃들었는지를.

이리하여 출연자가 모두 모였다.

모든 이가 관객이요, 모든 이가 비평가이자, 모든 이가 연기자이기도 한 스노필드의 무대극에.

단 한 명—.

막간에 끼어 무대 위에 도착하지 못한, 아직 성배로부터 아무런 '배역'도 부여받지 않은 소년을 제외하고는.

Fate strange Fake

막간
『시련 개시』

일찍이 자신이 소년병이 된 순간을, 시그마 본인은 기억하지 못했다.

철이 들었을 때는 이미 유년병幼年兵으로 살아가는 법을 익힌 상태였고, 다섯 살이 됐을 즈음에 총을 쏘기를 강요당했다. 나아가 영문도 모른 채 기묘한 마술실험으로 인한 육체와 정신의 고통을 견뎌 내는 것이 일과가 된 상태였다.

마술사로 구성된 부대를 만들어 적국에 대한 마술적인 군사작전을 실행한다.

그러한 목적으로 만들어진 조직의 일원인 모양이었다.

마찬가지로 마술의 재능이 있는 자─우연히 발로한 자와 먼 친척에 마술사가 있는 자를 가리지 않고 몸에 '마술회로'를 지닌 병사들을 의도적으로 모아, 마찬가지로 마술회로가 조금이라도 존재하는 여성 병사들과 교접하게 했다고 한다.

그렇게 태어난 아이들 중 실용적인 수준의 마술회로를 지닌 자들을 스물네 명 선발하여 그리스 문자로 된 코드네임을 부여했다.

국민에게는 존재조차 알려지지 않은, 이름 없는 특수소대.

은폐 같은 것과는 상관없이 이질적인 힘으로 적국에 대미지를 입힐─그런 목적으로 만들어진 부대는 사전에 움직임을 알아챈 시계탑을 비롯한 마술사들의 손에 의해 기반이 약했던 당시의 독재정권과 함께 궤멸되었다.

그가 자신의 정확한 기원을 알게 된 것은 궤멸됨으로 인해

정부에서 해방된 후였으나, 시그마는 그것이 진실이건 거짓이
건 상관없다고 생각했다.

모체가 지혜를 익혀 마술을 배우지 않도록, 자연스럽게 출산
을 재촉했다.

그리고 모체는 이름을 붙일 새도 없이 아이를 빼앗겼고, 아
이는 어머니의 모습을 기억에 채 남기기도 전에 정부의 도구로
서의 길을 걷게 되었다.

현재는 그 유년기의 경험을 토대로 마술사 용병이 되었지만,
그야말로 고용주가 시키는 일을 하고 있을 뿐인지라 특필할 만
한 사항은 아니었다.

"정말로 무미건조하기 그지없군…."

"담담하게 말해서 그렇지, 객관적으로 보면 엄청 가혹한 인
생인데?"

시그마는 그림자를 자칭하는 자들과 원활하게 커뮤니케이션
을 취하기 위해 일단 자신이 어떤 인간인가에 관해 말했으나,
새삼 자신을 돌아보고는 타인에게 강요받은 일만을 해 온 인생
이었구나 하는 생각이 들어 고개를 주억거렸다.

그것이 허무하다는 감각도 별로 없는 시점에서 역시 자신은
조금 이상한 것일지도 모른다는 생각이 들었지만, 이제 와서
그런 생각을 한들 나아지는 것은 없으리라.

그때, 이어서 나타난 뱀 지팡이를 지닌 소년이 말했다.

"어머니는 어떻게 됐어?"

"사실인지 어떤지는 모르겠지만, 극동에서 벌어진 성배전쟁에 마술사의 조수로 참가했다 죽었다더군. …에미야 키리츠구라는 이름의 마술사였다지."

"마술사의 이름을 똑똑히 기억하는 건, 뭔가 생각하는 바가 있기 때문이야?"

"아니? 글쎄. 조수였다는 것 말고는 두 사람이 어떤 관계였는지조차 모르는 데다, 애초에 나는 어머니의 얼굴도 이름도 모른다고. 에미야 키리츠구라는 이름을 알고 있는 건 마술사 용병 사이에서 전설적인 남자로 여겨지고 있는 유명인이기 때문이고."

마술사 사냥꾼이라는 이명으로 불리며 두려움의 대상이 되었던 프리랜서 마술사로 아인츠베른에 고용될 때까지는 세계 각지에서 위험한 임무를 차례로 수행했던, 엄청난 실력을 지닌 남자.

그가 후유키에서 벌어졌던 제4차 성배전쟁의 종반까지 살아남았다는 이야기는 고용주에게 들었지만, 자신의 어머니는 아무래도 그 도중에 죽은 모양이었다.

"다만… 자신의 의지로 그 남자를 따라간 거라면 어머니가 조금 부러울 것 같기는 해."

"부러워?"

"적어도 어머니는, 감정은 둘째 치고 에미야 키리츠구라는 남자에게서 살아갈 의미를 발견한 걸 거야. 하지만 내게는 아무엇도 없고 존경하는 사람도, 원수라며 노릴 상대도 없지."

시그마가 자학을 한다기보다 담담히 사실만을 늘어놓듯 말하자 선장이 말했다.

"무얼, 네게도 살아갈 이유는 생길 거다. 수없이 필사적으로 몸부림을 치다 보면, 자연스럽게 의지할 것을 찾게 되기 마련이지. 사지死地를 돌파해라, 애송이. 계속해서 신에게 저항해. 결코 받아들이지 말고. 네 삶의 증거는 그런 끝에 생겨날 테니."

살아갈 이유를 얻기 위해 사지를 돌파하라니, 주객이 전도되지 않았나.

시그마는 남의 일이라고 멋대로 주절대는 것이려니, 하고 생각하고 무시하려 했지만—선장은 실로 즐거운 눈치로 시그마의 등 뒤에 자리한, 방의 입구 쪽을 쳐다보며 말했다.

"자, 벌써 첫 번째 시련이 찾아왔다."

"——?"

시그마가 고개를 돌려 보니 그곳에는 한 '그림자'가 서 있었다.

정확히는 그림자처럼 검은 옷으로 몸을 감싼 소녀가.

"너는…?"

어쩌면 이 소녀도 '그림자'의 일종일지도 모른다고 생각한 순간, 시그마는 위화감을 느꼈다.

지금까지 그림자는 기본적으로 하나씩만 나타났다. 하지만 방금 전에는 선장과 소녀가 동시에 시야에 들어온 것 같았다.

그것을 알아챘을 때는 이미 늦은 뒤였다. ―어새신 소녀가 순식간에 시그마의 눈앞까지 다가와 감정을 완전히 걷어낸 목소리로 물었다.

"네놈은… 성배를 추구하는 마술사인가?"

그리고 시그마는 이 순간부터 부조리한 '시련'에 발을 들이게 되었다.
누군가가 부여한 것이 아닌―.
그저 자신이 누구인지를 알기 위한 시련에.

시련을 넘어선 끝에 얻어질 '자신'이라는 것이 영광일지 절망일지도 알지 못한 채.

Fate strange Fake

접속장
『어느 날, 도시 안』

스노필드. 시가지.

—나는, 뭘 보고 있는 거지?

경찰서장 직속 특수부대 '이십팔 인의 괴물—클랜 칼라틴'
의 일원인 청년이 오른손에 장착한 의수를 부여잡고서 숨을 죽
인 채 눈앞에 펼쳐진 광경을 바라보았다.

그의 시야에 비친 것은 머리에 기묘한 천을 뒤집어쓴, 검붉
은 피부의 궁병이었다.

경찰서 내에서 싸웠던 어새신과는 달랐다. 그 후에 자신의
오른손을 앗아 갔던 괴물과도 달랐다.

그저, 그저—그 영령은, 강했다.

자신들이 지닌 보구가 모두 완전한 힘을 얻은 상태였다 해도
통할 것 같다는 생각이 전혀 들지 않았다.

—아아, 그렇군. 이게 진정한 영웅이라는 건가.

무의식중에 납득할 뻔하는 바람에 경관은 이를 악물었다.

—…이딴 녀석이?

—도시를 파괴하고 **작은 아이를 죽이려 드는** 이딴 녀석이?

그의 주변에는 이미 쓰러진 특수부대 동료들 몇 명이 널브러
져 있었다.

힘이 곧 정의라면 분명 눈앞에 있는 이 궁병은 '정의' 그 자체
일지도 모른다.

하지만 그것을 인정해서는 안 된다는, 마지막 자존심이 경관

의 마음에 용기를 밝혀 주었다.

그는 다시금 숨을 죽였다.

—나는, 뭘 보고 있는 거지?

그의 시야에는 자신들과 같은 경관의 모습이 비치고 있었다.

하지만—그 경관은 자신들의 동료가 아닌 데다 명백히 이상
했다.

—그 괴물과 싸우고 있는 '저 녀석들'은 대체 뭐지?

같은 모습의 경관이 궁병의 주변에 나타났다가는 사라지고,
사라졌다가는 나타나서 그 몸이 찢겨 나가건 화살에 꿰이건 수
없이 그 영령에게 도전하고 있었다.

경관 쪽이 가한 공격은 완전히 먹혀들지 않았다. 그럼에도
불구하고 벌써 몇 분 동안이나 쉼 없이 공격을 퍼붓고 있었다.

그런 기묘한 광경이 얼마간 이어진 후, 궁병이 엄숙하게 입
을 열었다.

"약한 자여…. 이름을 말하라."

그러자 그 경관은 한 걸음 물러나 씩 웃으며 대답했다.

"내게 이름 같은 건 존재하지 않네."

그리고 정신이 들어 보니 경관의 모습은 둘로 늘어 있었다.
늘어난 경관이 같은 목소리로 말을 자아냈다.

"위대한 영웅이여. 시대와 함께 모습을 바꾸어 위업을 쌓아

올리며 신대의 전설 속에서 살아가는 존재여. 불면 날아갈 듯한 한낱 범죄자에 불과한 내가 자네에게 할 말은 하나뿐이네."

경관의 수가 더욱 불어나, 네 명이 된 경관이 사방에서 궁병에게 단언했다.

"자네가 그만한 각오를 한 데에는 분명 이유가 있을 테지. …하지만 자네가 그 각오로써 신의 권위를 부정하겠다면! 신의 악행도 선행도 모두 다 부정하고 내버리겠다면!"

여덟 명의 '무언가'는 경관 이외에도 여러 가지 모습을 취하고 있었다. 그들의 외침이 시가지 도로 위에 메아리쳤다.

"…아무리 강대한 힘을 지녔다 한들, 지금의 자네는 분명 자네가 바란 대로 '인간'이네."

열여섯 명의 고함이 궁병의 영혼을 향해 말했다.

"파락호로 전락하고 인간으로 격상된 영웅이여! 자네가 어떤 대영웅이었다 한들! 세계를 파괴할 힘을 지녔다 한들!"

서른두 명의 대담한 미소가 궁병을 에워싸는가 싶더니―그들 모두가 처음부터 있었던 한 사람에게 빨려드는 모양새로 사라졌다.

"본질이 인간인 한… 자네는 한낱 힘없는 '살인귀'에게 사냥당하게 될 걸세."

그리고, 경관과 검붉은 궁병의 눈앞에서―.

살인귀 잭 더 리퍼―이름 없는 버서커는 그 단어를 목청껏 외쳤다.

자신의 본질을 드러내고, 대영웅의 명맥을 끊기 위해 내지르는 비장의 수—보구의 이름을.

"—'악무惡霧*는 런던의 새벽과 함께 스러지리로다—프롬 헬'!"

혼란스러운 성배전쟁 속에서, 싸움은 조용히 연쇄되기 시작했다.

기구한 운명의 만남은 마치 영웅과 마술사들에게 속삭이는 듯했다.

약자들이여, 강자에게 도전하라—.

3권 끝

※악무(惡霧) : 일본어에서 악무는 '아쿠무'로 '악몽(惡夢)'과 독음이 같다.

Fate strange Fake

CLASS
어벤저/진(眞) 아처

마스터	버즈디롯 코델리온
진명	알케이데스
성별	남
신장·체중	203cm 141kg
속성	혼돈·악(惡)

근력	**A**	마력	**A**	
내구	**B**	행운	**B**	
민첩	**A**	보구	**A++**	

보유 스킬

왜곡 : A

본래 불러낸 클래스가 강제적으로 왜곡되어 다른 클래스의 특성을 부여받은 증거. 대가로 본래 클래스의 다른 스킬 중 하나의 기능이 저하. 알케이데스의 경우에는 단독행동이 저하되어 C랭크가 됨

심안(진) : B

수행과 단련에서 비롯된 전장에서의 통찰력. 알케이데스의 경우, 신에게 부여받은 본능은 버린 탓에 인간으로써 쌓아 올린 기술로서 발현.

용맹 : E

현혹이나 혼란과 같은 정신간섭을 튕겨 내고 격투능력을 높여 주는 스킬. 영주를 통해 몸에 깃든 신의 저주를 적출한 영향으로 본래의 수치에 비해 현저히 약화됨.

전투속행 : A+

빈사의 상처를 입어도 계속해서 싸울 수 있는, 전장에서 살아남고 발버둥 치는 힘을 나타내는 능력.

클래스별 능력

복수자 : A	단독행동 : C	대마력(對魔力) : A

보구

열두 가지 영광—킹스 오더

랭크 : C~A++   분류 : —   사정거리 : —

신성과 불사성을 잃은 대가로 손에 넣은 '시련을 이겨 낸 증표'들. '신수(神獸)의 가죽 옷'이나 '전신(戰) 의 군대'를 비롯한 생전의 전승에서 손에 넣은 보구'를 구현화시켜 자신의 도구로 사용할 수 있다. 단, 배의 이치 그 자체를 억누르고 사용하고 있는 상태인지라 마력 소비량이 통상의 몇 배에 달한다.

사살백두(射殺百頭)—나인 라이브스

랭크 : C~A+   분류 : 불명   사정거리 : 임기응변

손에 든 무구, 혹은 도수공권을 통해 여러 가지 무(武)를 행사하는 이른바 '유파:사살백두'라는 기술 그 체가 보구화한 것. 무구의 힘을 최대한으로 끌어내어 대인(對人)에서 대군(對軍), 공성에 이르기까지   에 맞춰 여러 가지 형태로 행사된다.

랭크 : EX

CLASS
진(眞) 라이더

마스터	???
진명	히폴리테
성별	여
신장·체중	159cm 50kg
속성	질서·선(善)

근력	**B**	마력	**C**
내구	**B**	행운	**D**
민첩	**A**	보구	**A**

보유 스킬

카리스마 : B

나라와 군을 통일하기 위한 지휘능력이나 본인이 지닌 매력 등을 종합한 스킬.

신성 : B

신과의 친화 심도, '신령적성'의 높고 낮음을 나타내는 스킬. 아르테미스의 무녀이기도 했던 여왕과
전쟁의 신 아레스 사이에서 태어났기에 진한 신기(神氣)를 두르고 있으나, 사후, 신의 자리에
이르지 못한 탓에 A랭크에는 미치지 못함.

클래스별 능력	기승 : A	대마력 : C

보구

전신(戰神)의 군대(軍帶)—가데스 오브 워

랭크 : A   분류 : 대인~대성보구   사정거리 : —

아버지인 아레스의 분신인 군장기를 띠의 형태로 고친 것. 사용자의 신성과 근력, 내구, 민첩, 마력
수치를 대폭 끌어올려 주지만 신비성이 옅은 현대사회에서는 일정 수치 이상 강화할 수 없다.

◈작가 후기◈

(본편의 스포일러가 잔뜩 들어 있으니 다 읽은 후에 읽으시기를 권장합니다)

영웅을 끌어내리는 데 날붙이는 필요 없지, 영주 세 획과 대량의 제물과 용기와 자신이 미치지 않게 하기 위한 고위 마술만 있으면 돼…. 뭐, 날붙이를 준비하는 것보다 훨씬 힘들어 보이지만, 진 아처의 정체는 바로 '그것'이었습니다…!

나 : "근데 아무리 ●●●화 했다지만 ●●●●●가 티네 같은 어린애를 쏘는 건 좀 그렇지 않나. 후유키에서도 ●●● 상태일 때 ●●●를 보고 정신 차렸잖아."

나스 씨 : "복수를 얕봐서는 안 돼. 하물며 신의 복수라고. 확실히 '그'가 어린애에게 활을 겨누는 건 절대적인 금기라 할 수 있지. 하지만 그것을 뒤집을 정도의 각오가 아니고는 신에게 복수를 하는 건 무리라고, 료고."

그런 대화를 통해 저도 각오를 굳히고 '영웅 끌어내리기'를 실행했습니다.

참고로 그 인류의 도구가 통하지 않는 '가죽'을 어떻게 가공했는가 하는 의문에 대한 답이 일단 있기는 합니다만 『Fake』 본편과는 별로 상관이 없는 이야기라 작중에서 설명을 할 수 있을지 모르겠습니다. 완결 후에 그런 뒷이야기를 적을 자료집을 낼 정도로 인기가 있었으면….

그런고로 오랜만입니다, 나리타입니다!

최근 스마트폰 게임으로 출시된 『Fate』도 합세하여 그쪽에서 새로운 길—토요토미 길요시*의 일면 등이 그려지고 있어, 어디까지 여기에 반영해야 할지 머리를 싸매고 있는 요즈음입니다.

그렇습니다…. 『Fate/Grand Order』… FGO입니다.

FGO의 시나리오 담당자 분들과는 "스포일러하면 재미가 반감되니 서로 세세한 부분은 언급을 피하도록 하죠."라는 이야기를 한 적이 있습니다. 저도 미국이 무대가 되는 FGO 5장을 새로운 기분으로 즐겼습니다만, 그런 탓에 비극이 일어나기도 했습니다.

※ 이하, 장기간에 걸쳐 이루어진 대화를 응축한 내용.

『Fake』 집필 전의 나 : "엑, 『Fake』에서 5차 ●●●●의 ●●●화 소재 써도 되는 거?!"

나스 씨 A : "그래…. 잘 써 보라고."

나스 씨 B : "추가 떡밥(뒤마 작품 관련)을 뿌려도 좋고!"

나 : "……."

나스 씨 C : "사양하지 말라고, 쓰고 싶었던 마음만큼 써…."

집필 중인 나 : "존맛, 존맛, 존맛…(군침 도는 소재다…. 분명 아직 아무도 안 쓴 소재일 거야)…."

가스마스크를 쓴 나스 씨 : "지금 이 시각을 기해 FGO 5장을

※토요토미 길요시 : 일본의 장수인 토요토미 히데요시의 이름을 패러디.

공개한다!"

3월의 나 : "으에에에에에(『Fake』랑 소재 몇 개가 겹쳤어~!) (고통 끝에 사망)"

나스 씨 : "설마 죽을 줄이야…."

이 대화의 본래 맥락을 알아챌 분이 몇 할 정도나 될까 하는 건 차치하고, 그 비극을 옆에서 지켜보던 산다 씨가 "안 좋은 예감이 드니 앞으로 등장인물이 겹치는 이벤트가 있으면 시나리오를 일찌감치 보여 주겠어?"라고 부탁을 하셨으나 그건 또 다른 이야기입니다.

아무튼, 소재가 겹치는 걸 너무 신경 쓰는 거 아니냐고 하면 할 말이 없습니다만 FGO의 시나리오가 너무 재미있는 건 사실 인지라 그에 지지 않게끔 『Fake』를 흥행시키고 싶다는 생각이 간절한 요즈음입니다.

산다 씨 이야기가 나와서 말이지만, 마술 관련 묘사 등에 관해서는 산다 씨에게도 감수를 받고 있습니다.

산다 씨 : "이 길의 '세계의 모순을 조금이라도 억제하려 하는 '영령의 좌'의 고육지책이겠지'라는 대사, '인류가 우주로 뛰쳐나가지 않도록 하기 위한 지구의 고육지책… 그게 중력이다!' 만큼이나 부조리한 소리로 보이는데…."

나 : "…하지만 영웅왕이라면 지구한테도 그런 소리를 할 것 같지 않아요?"

산다 씨 : "…하겠지!"

그런 대화도 나누며 때로는 즐거운, 때로는 엄격한 감수를 통과해 가며 후유키와는 다른 '거짓된 성배전쟁' 특유의 반칙을 여러 가지 마련해 두었습니다.

뭐, FGO에서 다빈치 짱이 언급했듯이 너른 마음으로 '머나먼 세계, 다른 세계에서 이루어진 성배전쟁' 중 하나라고 생각하고 즐겨 주셨으면 합니다! 미국으로 들여왔을 때 프란체스카가 성배 시스템에 상당히 손을 댄 탓에 후유키의 성배전쟁이었다면 절대로 불가능했을 일도 있습니다만, 그 점은 후유키의 성배전쟁을 고찰하실 때 유의해 주셨으면 합니다…!

자아, 이번 권으로 드디어 캐릭터들이 다 모였습니다. 4권에서는 플랫과 '하얀 여자'의 과거 등도 그려 나가, 드디어 '마스터들 간의 마술전'이 가미되어 배틀 성분이 풍부해질 것 같습니다. 최대한 화려하게 치고받는 모습을 그려 나가고자 하니, 부디 진 버서커와 워처의 정체라도 추측해 가며 다음 권을 기다려 주시길!

간행은 아마도 올해 겨울이 될 것 같습니다만 TYPE-MOON의 이런저런 활동과 만화판을 그려 주고 계신 모리이 씨의 스케줄에 맞춰야 최종적인 시기가 결정될 듯합니다.

모리이 씨의 만화는 장대한 전투 연출부터 캐릭터들의 생생한 표정까지 남김없이, 실로 근사하게 그려졌으니 기회가 되시면 부디 구입해 주셨으면 합니다…!

마감 건으로 이번에도 많은 폐를 끼친 와다 씨 및 편집부 여러분.

산다 마코토 씨, 히가시데 유이치로 씨, 사쿠라이 히카루 씨, 마신 에이치로 씨를 비롯한 『Fate』 관계자 여러분과 일부 서번트 설정 고증을 해 주고 계신 팀 배럴 롤 여러분.

각 캐릭터 디자인과 더불어 근사한 일러스트를 그려 주신 모리이 시즈키 씨.

감사하게도 2권, 3권의 띠지에 코멘트를 적어 주신 타케우치 타카시 씨, 우로부치 겐 씨.

특히 우로부치 씨는 '그녀'의 '아들'을 사용해도 좋다는 허가를 내려 주셔서 정말로 감사합니다!

그리고 무엇보다도 『Fate』라는 작품을 낳아 주시고 감수까지 해 주고 계신 나스 키노코 씨 & TYPE – MOON 여러분, 그리고—이 책을 구입하여 이 페이지까지 읽어 주신 독자 여러분.

정말로 감사합니다!

2016년 4월. '워쳐'가 처음에는 '방패병 – 실더'였던 것은 비밀이라고 생각하며.

나리타 료고

Fate strange Fake

Fate/strange Fake 3

2017년 4월 7일 초판 발행

저자	나리타 료고
일러스트	모리이 시즈키
원작	TYPE-MOON
옮긴이	정대식

발행인	정동훈
편집 전무	여영아
편집 팀장	김태헌
편집	노혜림 임지수

발행처	(주)학산문화사
등록	1995년 7월 1일
등록번호	제3-632호
주소	서울특별시 동작구 상도로 282 학산빌딩
편집부	02-828-8838
마케팅	02-828-8962~5

ISBN 979-11-256-5881-8 04830
ISBN 979-11-256-5603-6 (세트)

값 9,000원

* Premium extreme novel은 (주)학산문화사에서 발행하는
extreme novel의 프리미엄 브랜드입니다.